GRACIELA BEATRIZ CABAL

# Las cenizas de papá

punto de lectura

Av. Leandro N. Alem 720, (1001) Ciudad de Buenos Aires

ISBN: 987-578-028-6
Hecho el depósito que indica la ley 11.723

Impreso en la Argentina. *Printed in Argentina*
Primera edición: septiembre de 2005

Diseño de cubierta: Sdl_b
Fotografía de cubierta: © Patty Mollica / Corbis
Diseño de colección: Punto de Lectura

Cabal, Graciela Beatriz
Las cenizas de papá - 1a ed. - Buenos Aires : Suma de Letras Argentina, 2005.
144 p. ; 18x11 cm.

ISBN 987-578-028-6

1. Narrativa Argentina-Novela I. Título
CDD A863.

Impreso por Verlap, Comandante Spurr 653,
Avellaneda, Buenos Aires, Argentina.

GRACIELA BEATRIZ CABAL

# Las cenizas de papá

*Para Mirta Ríos,*
*amiga del alma*

*«Todas íbamos a ser reinas*
*de cuatro reinos en el mar:*
*Rosalía con Ifigenia*
*y Lucila con Soledad.»*

(Gabriela Mistral)

*«¿Por qué? ¿Por qué no podemos ser todos felices y dedicarnos a jugar?»*

(Robert Louis Stevenson)

*«...ya era tiempo de empezar a tomar en serio o en carcajada la vejez y quizá hasta la muerte.»*

(Roberto Fernández Retamar)

# 1

# Mujer de vida alegre

Debo reconocer que buena parte de mis conocimientos acerca de las mujeres y su mundo me vienen de mi abuela. Porque fue ella quien, apenas cumplí yo los siete años, decidió llegado el momento de hacerme participar en sus famosas tertulias de los viernes. «Que ya va siendo hora de que alguien te enseñe a comportarte como señorita, nena.»

Por supuesto, me negué: jamás, por ningún motivo, iría yo a esas reuniones de señoras vestidas de negro y con olor a pis de gato.

Pero mi abuela era hábil, y me ofreció el oro y el moro.

Si yo iba a las tertulias y me quedaba bien derecha en mi silla y sólo abría la boca para susurrar *«no, gracias»*, cuando alguien me ofrecía una rosquita, o *«sí, gracias»*, cuando alguien insistía en ofrecerme la rosquita, mi abuela me prestaría *todo el tiempo* la Shirley Temple de mi tía la soltera, que era carísima y de porcelana (la Shirley Temple).

*«No»*, dije yo, firme en mis convicciones.

Además, mi abuela me llevaría en coche de caballos a la Recoleta para ponerle flores a su padrino el expedicionario…

*«No y no»*, insistí yo, pero sintiendo que algo se ablandaba.

¿Me gustaría a mí bajar al sótano a jugar con los trabucos y con el puma embalsamado?

(Silencio.)

Mi abuela me dejaría.

(Silencio.)

Y también me daría mucho pan con ajo frito para la lombriz solitaria.

(Silencio.)

Y Licor de las Hermanas —una pizca, ¿eh?— en la copita azul que tanto me gustaba.

(Silencio.)

¡Y una caja entera de pastillas del Doctor Andreu, que no son caramelos, sino remedios peligrosísimos para los niños!

*«No quiero»*, dije yo débilmente, tan débilmente...

Entonces mi abuela lanzó a fondo la última estocada: si yo era una nena *muy*, *muy* buena y no le contaba nada a nadie, ella me dejaría ver —por un rato— el apéndice en frasco de vidrio de mi abuelo... Y me daría tres pitadas («cuatro, abuela»), cuatro pitadas de los cigarritos para el asma.

Ante tamaña magnificencia me vi en la obligación de ceder. Y nunca me arrepentí. Porque las tertulias de los viernes resultaron, al fin de cuentas, mucho más atractivas que las kermeses de la iglesia, los remates de hacienda y hasta que los desfiles militares. Y mucho más útiles para mi vida futura, ni qué decir.

Rodeando a mi abuela —la Gran Reina—, las señoras de negro contaban cosas de fundamento, recitaban poemas del *Tesoro de la Juventud*, y se dirigían a mí para preguntarme qué iba a ser cuando fuera grande.

*«¡Maestra!»*, contestaba yo poniendo cara de estampita. Y ellas, tan contentas.

Desde mi silla baja, bien abrazada a la Shirley Temple, yo observaba con aplicación. Y aprendía.

Lo primero que aprendí fue a reír correctamente, como verdadera señora. Y buen trabajo me costó, ensaya que te ensaya frente al espejo del tocador.

Pero al final la conseguí: una risa contenida, mezcla de suave quejidito y simulacro de tos, muy parecida al llanto. Y, lo más importante: con la mano tapándome la boca.

No tardé en enterarme del sentido de ese gesto —al parecer, viejo como el mundo— que me intrigaba. *«Es para impedir que el Diablo, siempre al acecho de las mujeres y sus aberturas, aproveche para metérsenos adentro del cuerpo»*, me contó mi abuela a media voz. Y también me contó que era muy peligroso para nosotras reírnos los días viernes. *«Porque la que ríe viernes llora sábado y domingo.» «¿Y los varones, abuela?»*, pregunté yo, inquieta por mi abuelo, mi papá y mi novio Cachito. *«Con los* varones *es otro cantar»*, me contestó mi abuela. Y después agregó, enigmática: *«Mujer de risa fácil, mala fariña»*.

En las sucesivas tertulias de los viernes me fui enterando de cosas sorprendentes, como ser que las mujeres «de risa fácil» —también llamadas «de vida alegre»— se reían *a propósito* con la boca bien abierta, porque a ellas parecía encantarles que el Diablo se les metiera adentro de los cuerpos para hacerles quién sabe qué estropicios.

Mi abuela no era mujer de vida alegre.

Tampoco lo eran las amigas de mi abuela.

Y ninguna mujer de vida alegre frecuentó jamás las tertulias de los viernes, en las que sólo tenían cabida las buenas señoras.

Sin comunicar nada a nadie, yo iba sacando mis propias conclusiones, a saber:

Las buenas señoras no son de vida alegre, son de vida triste.

Las buenas señoras se la pasan sufriendo como perras, pero lo hacen con gusto, porque cuanto más sufren más buenas son.

Las buenas señoras se levantan al alba y trabajan hasta caer muertas. Y nunca van a ninguna parte, nada más que al médico, al dentista y a las tertulias de mi abuela.

A las buenas señoras siempre les ocurren desgracias espantosas, como ser que los cuervos, que ellas criaron con tanto cariño, les arranquen los ojos.

Los esposos de las buenas señoras son caballeros rectos, que a ellas las respetan mucho. Y hasta demasiado. Y que no les hacen faltar nada. O casi.

Pero algunos esposos son medio cretinos, y ellas igual los tienen que atender y darles los gustos y ponerles las ventosas cuando llegan de trasnochar, porque ellos son los padres de los cuervos.

Las buenas señoras no son de comer cosas ricas, son de comer cosas sanas. Y nada más que cerveza malta toman, para que les baje la leche. Y una copita o dos de Licor de las Hermanas, para animarse en las tertulias.

Las buenas señoras lloran mucho y se ríen poco, porque de qué se van a reír.

Las mujeres de vida alegre son muy diferentes de las buenas señoras.

Las mujeres de vida alegre tienen el Diablo en el cuerpo, y por eso siempre andan haciéndose las cocoritas por los teatros y también en el Parque Japonés, que es un lugar lleno de tentaciones.

Ellas no viven en casas, como las personas: viven en palacios llenos de sirvientes que las llevan en sillita de oro de una pieza a la otra para que no se cansen ni les salgan los juanetes.

Las mujeres de vida alegre usan vestidos de seda colorada, zapatos de tacón y medias finas, pero lo que no usan es enagua, así que cuando caminan se les transparenta *todo*.

Con las mujeres de vida alegre nadie se anima a casarse, por eso ellas no tienen ningún esposo que las respete y no les haga faltar nada. Lo que sí tienen son sultanes, príncipes y hasta presidentes de la república que siempre les andan regalando perlas y rubíes para que ellas se entretengan.

Las mujeres de vida alegre no crían cuervos, crían perritos blancos; y siempre están dándoles besos en los hociquitos, porque son muy asquerosas.

Las mujeres de vida alegre no comen tapioca ni hígado vuelta y vuelta ni manzana rallada: solamente comen bombones de licor. Y lo único que toman es champán y granadina con soda.

Las mujeres de vida alegre lloran poco y se ríen mucho. Hasta los viernes se ríen las odiosas.

Mi educación avanzaba a pasos agigantados.

Yo era la primera en llegar a las tertulias y la última en retirarme. Y no había fuerza humana capaz de hacerme faltar (hasta con las amígdalas recién extirpadas llegué a ir).

Mi abuela estaba orgullosísima de mi excelente comportamiento.

Y todo hubiera seguido así de no ser por el Licor de las Hermanas...

Porque resultó que un negro día, estando las señoras muy entusiasmadas discutiendo el verdadero y oculto sentido de aquella frase, que todavía recuerdo —*«No es por vicio ni por fornicio sino en tu humilde servicio»*—, entonces yo, casi sin darme cuenta y de puro distraída, empecé a tomarme los restos de las copitas azules... Y ahí fue que, después de un rato, me agarró la risa. Tanta risa me agarró que ni me acordé de taparme la boca. Y entonces se ve que el

Diablo se me metió adentro nomás. Porque cuando una de las señoras, como era la costumbre, se dirigió a mí para preguntarme qué iba a ser cuando fuera grande, en vez de decir «*MAESTRA*», y tener la fiesta en paz, voy y digo, muerta de risa y hundiéndole los ojos a la Shirley Temple: «*¿YO? ¡YO VOY A SER MUJER DE VIDA ALEGRE!*».

Es que el Licor de las Hermanas es tan traicionero…



## 2

# La felicidad

Me dan lástima las personas que no son yo. Pensar que se van a morir sin ser yo. Pobre gente.

Todo el tiempo soy feliz. Aunque esté triste, ¿se entiende?

Pero a veces soy *tan feliz*, que la felicidad no me deja respirar.

Esa felicidad que no me deja respirar y hace que tenga que cerrar los ojos y apretar las manos me agarra en oleadas y sin que yo sepa cómo.

Cuando me está por venir, me doy cuenta. Algo así como un aviso: *ahí viene*, *ahí viene*, *ahí viene*... ¡Y llega!

Pero después se va. Y no de a poco, de repente: plop.

—A mí nunca me pasó eso.

—¿Ves? Por eso me dan lástima las personas que no son yo. No saben lo que se pierden.

Yo era chiquita y también me pasaba. Mucho. Sobre todo en el mar.

Venía con el olor salado, cuando el micro se iba acercando a Mar del Plata.

Y seguía en la playa, bien en la orilla, cuando las olas se arrimaban hasta lamerme los pies.

Entonces a mí me atacaba. La felicidad.

Y me parecía que ahí sí, por fin, iba a darme cuenta de todo.

—¿Cuenta de qué?

—No sé. De todo.

Yo quería saber. Y le preguntaba a mi mamá. Pero mi mamá no me entendía. Nada más me miraba.

—Pobre hija... —decía.

—Por qué pobre, mamá.

Sobre todo a la mañana me viene la felicidad. Apenas abro los ojos: ahí está.

Pero ésa, la del despertar, no es la felicidad loca, que ataca.

La del despertar es tranquila. Y me hace sonreír sola en la cama. Y estirarme como un gato. Y reírme en voz baja.

—¿De qué te reís?

—Yo qué sé.

La felicidad que ataca y duele adentro y me ahoga, ésa que viene y se va, no tiene nada que ver con nada.

Por ejemplo, hoy. Las monedas no me alcanzan para viajar, llueve y tengo agujeros en los zapatos, a la tarde doy examen de latín, discutí por teléfono con mi papá y me quedé sin cigarrillos: todo mal. Sin embargo, a lo mejor estoy yendo en el tren a la escuela y de repente: zas..., *ahí viene, ahí viene, ahí viene*... La felicidad.

Me atacó. Pero no en el tren: en el colectivo, a la noche, cuando volvía de la Facultad. Estaba sentada en el último asiento. Llovía tanto. En la parada de Constitución me di vuelta para mirar por el vidrio de atrás. ¿Por qué me di vuelta? No sé. Todo borroso se veía. Rojo, verde y azul... Una vibración en esos colores, algo, un temblor... Y ahí me atacó. La felicidad.

La única que parece que me entiende cuando hablo de esto es mi abuela.

—A mí me pasaba lo mismo —dice—. Somos dos elegidas vos y yo.

—¿Y ahora, abuela, te pasa? —pregunto yo.

—Ahora soy sabia. Y la felicidad que me queda es ésta —dice ella. Y me señala sus pinceles, sus óleos, el retrato de Greta Garbo en el bastidor de seda amarilla—. También me queda el olor del café fuerte de la mañana. Y el rayo de sol que ilumina la azucarera.

Yo me río.

—¿Te parece poco? Algún día vas a entender.

Es vidente mi abuela.

Cuando te cases vas a tener mellizas —me dice.

Yo nunca me voy a casar, abuela. Voy a ser escritora.

Mellizas y un varón.

Yo también soy vidente. Pero eso no hay que contárselo a nadie, dice mi abuela, para que no crean que me volví loca.

—A mí no me gusta ser vidente.

—Eso no se elige. Te pasa o no te pasa. Como la felicidad.

Siempre estoy enamorada yo.

De uno, El Único, todo el tiempo.

Ese amor es lo más parecido a la felicidad que no me deja respirar.

Y a veces *es* la felicidad. Tan fuerte que da un poco de miedo.

Pero este amor no viene y se va. Está ahí, siempre, ¿se entiende?

Yo camino, duermo, como, trabajo, estudio, me río, me enojo, lloro, me enamoro de otros…

Pero *ese* amor siempre está ahí.

Siempre va a estar ahí.

Voy a ser vieja —«*Cuando seas vieja, niña, (Ronsard ya te lo dijo)…*»— y va a estar ahí.

Me voy a estar muriendo y va a estar ahí.

Casi todos mis novios son de la Facultad. O del bar Florida, que es una sucursal de la Facultad.

No le puedo contar lo de la felicidad a nadie.

Solamente a Beatriz se lo puedo contar.

Y a mi abuela.

Es buena Beatriz.

Cuando vino Gassman, me invitó al teatro.

A la última fila fuimos, arriba de todo.

Y salimos tan locas, tan locas, que nos tuvimos que ir caminando a casa.

¿Cómo subir a un colectivo y ver personas que no eran Gassman y escuchar palabras que no eran de Esquilo ni de Pirandello ni de Dante ni de nadie?

Tampoco pudimos comer.

—¿Qué pasa, chicas? —preguntó mi mamá.

—Gassman, eso pasa.

Pero después Beatriz me invitó de nuevo al teatro. A la primera fila. Con los ricos. Y para conseguir el dinero se copió de Jo, la de

*Mujercitas*. Aunque Beatriz no se cortó el pelo, hizo algo mucho peor: se lo dejó como estaba, todo lleno de rulos, horrible. Porque se gastó la mensualidad que le dan las tías, en dos entradas, primera fila, para ella y para mí.

Hoy tomamos la Facultad. Y como yo tenía cita en el Florida con un novio chileno y no pude ir, él se subió al techo de la Facultad y se tiró por una claraboya, para verme.

Ahora está enyesado de pies a cabeza, pobre, pero él dice que por mí se deja cortar en pedacitos.

Se ve que este novio me quiere.

Me gustan los novios capaces de tirarse desde un techo nada más que para verme.

Pero más me gustan los novios con barba, como Fidel, como el Che, como Camilo.

Para ver si un novio me quiere de verdad, le pido una prueba de amor: que se deje la barba.

Otra prueba, sobre todo si el novio es un poco mayor, es que me lleve a dar unas vueltas en mateo. Y pasar por delante de la Facultad y saludar a todos.

Si él saluda como yo, me quiere.

Si se tapa la cara con un diario o se hace el distraído y mira para otro lado, no lo veo más.

Otra prueba es tirarse rodando por las barrancas de la Plaza San Martín.

Con los de más de treinta y cinco, tuve que interrumpir esta prueba, que es divertidísima, sobre todo si llueve y hay barro, porque dos novios se rompieron la clavícula.

Y tener tantos novios enyesados me puede traer mala fama.

Pero el novio que más me quiso fue uno que no era de la Facultad, era de Barracas, mi barrio, y jugaba al fútbol y al billar, y le gustaba ir a bailar a Huracán con orquesta típica en vivo nada más que para poder agarrarse a patadas a la salida. Todas las chicas del barrio lo querían, pero él solo me quería a mí. Y para poder estar conmigo empezó a estudiar ballet. Pobre. Le daba tanta vergüenza usar la malla de baile, que arriba de la malla se ponía el pantalón de fútbol, para disimular un poco. Y las zapatillas de baile se las ataba con piolines. Y el primer día quiso colgarse de una barra para hacer una pirueta y se equivocó y se colgó del caño del agua y lo rompió y casi nos inundamos. En las clases, todos se reían de él, y le hacían burla, sobre todo los varones —las chicas mucho no se reían: lo que querían era que se sacara el pantalón de fútbol, a ver si era cierto lo que se comentaba (era cierto).

Pero a él no le importaba nada que se rieran.

—Con tal de estar con vos, cualquier cosa.

Lo que sí me hizo jurar fue que nunca, por ningún motivo, iba a contarle lo del ballet a los muchachos del Bar Billares El Vesubio.

—Porque si se enteran en el barrio o en mi casa no me va a quedar más remedio que abrirme las venas.

Algunos novios son muy atrevidos.

Como uno, que se me declaró por señas mientras yo daba examen de Literatura con Barrenechea.

Que se había enamorado de mi vestido negro, mi trenza rubia y mi boina, me dijo.

*«Eres la boina gris y el corazón en calma»*, también me dijo.

—Mi boina es roja y mi corazón nunca está en calma —dije yo. Pero me enamoró bastante ese novio, que escribía versos, como yo. Y que apenas terminé de dar mi examen, se acercó y me estampó un beso en la boca, allí, delante de toda la gente, que hasta la Barrenechea pegó un grito. Y que sin decir ni palabra me llevó al Rosedal, justo debajo del ciervo, a seguir dándonos besos.

Lástima que después de unos meses a puro besos y poesías me invitó a Villaguay, a conocer a su mamá.

Ése fue el fin.

Porque yo, novios todos los que quieran, pero casamientos, ni loca.

¿O no quedó claro que voy a ser escritora?

Hoy me enamoré de nuevo. De un profesor de la Facultad.

Estábamos en el aula magna, él dando clase.

Y yo lo miré y empecé a sentir algo *que se venía*, *que se venía*...

Pero fue cuando él dijo:

*Huye del triste amor, amor pacato,*
*sin peligro, sin venda ni aventura...*

que me di cuenta de que me había enamorado.

Entonces, como me pasa cada vez que me enamoro, algo me atravesó por adentro. Y me paré. Y caminé hasta el estrado. Y ahí me quedé, quieta, quietita, mirándolo, con la boca abierta.

Él dejó de leer y me miró.

—¿Señorita?

Salí corriendo.

De nuevo. Me había pasado de nuevo.

—Pero ¿y El Único? Porque con El Único sí te casarías, ¿no?

—Qué tiene que ver. El Único está ahí. Siempre va a estar ahí.

En la escuela cobro el sueldo.

Entonces voy a La Esmeralda y encargo una canasta dorada adornada con angelitos y llena de rosas rojas. Seis docenas.

—¿Es para un casamiento importante?

—No. Es para un hombre que me enamoró.

El vendedor me alcanza una tarjeta.

Y yo escribo:

*A H C.*
*Ellas van a decirte lo que quiero decirte,*
*para que tú me oigas como quiero que me oigas.*

—Envíela esta tarde a la Facultad de Filosofía y Letras.

—Falta la firma.

—Es anónimo. ¿Algún problema?

Mi mamá me va a matar.

Me gasté la mitad del sueldo. ¿Ahora qué vamos a hacer?

Ya sé. Me voy a la Facultad y detengo al mensajero de las flores.

¿Qué hora será *la tarde* para la gente de La Esmeralda?

En la Facultad hay huelga.

Yo me siento en el hall. El reloj marca las dos.

Está casi vacía la Facultad.

Pasan las horas. Empiezo a transpirar sangre.

Mejor voy a la puerta, para detener al mensajero y matarlo, si se resiste.

Apenas salgo se aparece un muchacho vestido de verde con botones dorados y sombrerito. En la mano lleva la maldita canasta. Es divina. ¿Y si se la arrebato y se la regalo a mi mamá? Total ya la pagué.

Estoy paralizada.

El muchacho entra, toca un timbre y, como soy la única persona a la vista, me pregunta a mí.

Yo me hago la sordomuda.

Después de un rato, aparece el decano.

Me vuelvo a sentar, para no caerme.

El decano dice que seguro «esa cosa semejante» no debe ser para ahí. Que ésa es una Fa-cul-tad.

Pero cuando mira la tarjeta, lo escucho murmurar:

—H C… H C… Oh, increíble…

Y después grita:

—¡Profesor Cawes! ¡Acá hay algo para usted! —y se ríe el muy canalla.

Escapo para el bar Florida.

Mi vida ya no tiene sentido.

Volver a mi casa, no puedo: mi mamá me va a arrancar la cabeza.

Volver a las clases tampoco. ¿Cómo enfrentar al profesor?

Sólo me queda el suicidio.

O podría enclaustrarme en Las Catalinas, que queda aquí enfrente, y dedicarme a bordar ajuares de novias y ropita de bebé... Y azotarme las espaldas todas las noches, con esos látigos con fierritos en las puntas.

También podría irme a vivir junto a Lanza del Vasto, a hilar con el huso, vestir de blanco, no tocar el dinero, y caminar por las brasas encendidas las noches de San Juan...

Sí, eso, haría eso.

Alguien está parado junto a mí. No quiero levantar la vista. NO QUIERO, DIJE.

Es el profesor. Con la canasta.

—Hola —dice.

—Hola —le contesto.

*—Ellas van a decirte lo que quiero decirte* —dice.

*—Para que tú me oigas como quiero que me oigas* —le contesto.

Voy a buscar a la imprenta mi primer libro.

Estoy tan contenta que le regalo un libro a cada uno de los pasajeros del vagón del tren.

—No, gracias, me dicen muchos, pensando que es una propaganda o que soy de alguna secta.

—Son poemas, nada más. Yo misma los escribí. Y no los vendo, los regalo.

Vásquez, de Verbum, me dice que los primeros libros de poesía nunca se regalan, porque eso trae mala suerte, y que le deje una pila, que él me los vende.

Las chicas de Letras se quedan con una buena cantidad.

Y también el Francés de Galatea.

Y hasta los de la Librería El Temple, que tienen esas caras de monjes tristes, me aceptan algunos.

Para festejar vamos al Farolito, a comer lentejas. Y después a la Troika, a tomar vodka y a escuchar al violinista ciego. Como no tenemos mucha plata, a cada rato los muchachos le besan los anillos a la rusa (dicen que el propio zar en persona se los regaló, cuando la rusa era una muñeca de porcelana que volvía locos a los hombres y andaba desnuda montada en bandeja de plata).

Cantamos, bailamos, yo recito «*¡Salud, hermanos...!*» y algún otro de los poemas que más me gustan.

Y terminamos afuera, bailando alrededor del monumento de Irurtia.

No vale la pena volver a casa. Le hablo a mi mamá para que se quede tranquila, me tomo un café con leche, me lavo la cara y me voy para la escuela.

Qué noche...

—Seguro que ahora te ataca la felicidad, ¿no?

—Quién sabe... ¿No te dije que *esa* felicidad no tiene nada que ver con nada?

Hoy cumplo veinte años.

Y hoy, justo hoy, Él faltó a la cita.

Le tenía un libro preparado, con la dedicatoria escrita.

Y no vino.

Es la primera vez, desde hace dos años, que falta a la cita.

El día que lo conocí, yo cumplía dieciocho.

Caminaba para la escuela, mi primera suplencia.

Él salía de la escuela, ¿sería profesor?

Entonces lo miré y algo me atravesó y me traspasó y sentí que estaba perdida. Perdida para siempre.

Y me quedé parada. Sin poder creer que tanta felicidad pudiera caber en el cuerpo de una persona.

Él se rió.

—Me llamo Graciela —le dije—. Y hoy cumplo dieciocho años.

—¿Ah, sí? Yo hace mucho cumplí los dieciocho. ¿Le gusta la música?

—Sí. Y los libros.

—¿Sabe seguir la música con la partitura?

—Claro.

—¿Y Claudel? ¿Leyó algo de Claudel?

—*Partición de Mediodía*...

—Suficiente. La invito al Colón, el sábado. Dan *Juana de Arco en la hoguera*. ¿Conoce el Bar Florida? El sábado, a las cinco, la espero allí.

—Sí.

—Pero esta tarde también la espero.

—Bueno.

—Todos los días la voy a esperar.

—Todos los días.

Hasta hoy. Justo hoy, que cumplo veinte años.

—¿Vamos al Farolito? Hay mondongo a la española.

—No tengo ganas.

—¿Y al Lorraine? Dan *Pasaron las grullas*...

—La vi cuatro veces.

—¿Y al Di Tella? Todos los amigos se fueron para allá porque parece...

Me levanto de la mesa y salgo a la calle.

Como siempre, pero esta vez sola, empiezo a caminar por Florida.

El camino de *La bahía de silencio.*

Estoy triste. Y tengo ganas de estar triste y revolver la tristeza con una cuchara filosa.

Empieza a llover. Bien. No tengo piloto ni paraguas ni nada. Bien.

Camino despacio. Enciendo un cigarrillo.

*«¡Ah, ciudad, ciudad, enorme ciudad opulenta, ciudad sin belleza, páramo, valle de piedra gris: tus tres millones de almas padecen tantas hambres profundas!»* Me lo sé de memoria a Mallea.

Llego a la Plaza San Martín. Me golpean las piedrecitas de siempre. No hago caso: sé que son los espíritus traviesos. Pero hoy estoy triste y no tengo ganas de jugar. Me cruzo para el lado de la cervecería alemana. Los espíritus insisten y las piedrecitas chocan contra las bandejas plateadas de los mozos. Todos me miran, como si yo tuviera la culpa. Mejor vuelvo a la plaza y me siento en un banco de arriba, a mojarme mucho y a sufrir. Me siento en el banco en que siempre nos sentamos con Él. Y ahí me quedo, quieta, dándole vueltas a la tristeza. Al rato se acerca un muchacho.

—¿Te gusta mojarte?

—Sí.

—A mí también.

Lo miro con detenimiento. Me gusta.

—¿Cómo te llamás?

—José Miguel. ¿Sos de la Facultad, de Letras?

—¿Por qué te diste cuenta?

—Son raras las chicas de Letras. Y preciosas. ¿Siempre te vestís de violeta, vos?

—A veces de rojo. A veces de negro.

—¿Te puedo dar un beso?

—¿Me estás pidiendo que sea tu novia?

—No, sí. Qué sé yo.

—Porque si querés ser mi novio tenés que darme una prueba de amor.

—Vos me tendrías que dar a mí una prueba de amor, pero bueno, a ver…

—Te doy tres opciones: dejarte la barba como Fidel, estudiar baile clásico, o tirarte rodando por esta barranca. Elegí. Si no, adiós.

—Tirarme por la barranca, pero otro día, mirá como llueve.

—La gracia es ésa.

—Mmmm… ¿Y si nos tiramos juntos, abrazados?

Nunca me habían pedido eso. Yo sola me había tirado muchas veces: es más, era un experta. Pero abrazada… Este novio parecía muy atrevido. Pero también era muy hermoso. Como un vikingo, con su pelo largo atado atrás.

—Primero contestáme una pregunta: ¿sos vikingo vos?

—¿Vikingo? No sé. Creo que sí. Bueno: casi seguro. ¿Nos tiramos?

Y nos tiramos.

Y entonces nos hicimos novios.

Pero no lo dejé que me acompañara. Porque después viene lo de conocer a la madre... y todo se arruina.

Cuando subí al 208 para volver a mi casa, todos me miraron. Estaba tan embarrada y con tanta risa adentro del cuerpo...

Me senté adelante, en el asiento único que me gusta a mí, le pedí permiso al colectivero para fumarme un cigarrillo, y me puse a mirar por la ventanilla.

—Hoy cumplo veinte años —le dije al colectivero.

—Feliz cumpleaños —me dijo él. Y no quiso cobrarme el boleto.

Ahora mi mamá me estaría esperando en la ventana, asustadísima, pensando que me morí en un accidente o que me llevaron presa por hacer pintadas o que me raptó un maniático sexual o cosas de ésas que piensa mi mamá.

Y yo le diría a mi mamá que tranquila, que a mí nunca me iba a pasar nada. Y que si alguna vez me metían en la cárcel por hacer pintadas o por llevarle comida a los presos, bueno, es mejor morir por los ideales que morir en una cama. Y ahí mi mamá se pondría a llorar y me diría que cómo se ve que no tengo hijos… Y que ella me había hecho una rica torta, para festejar mis veinte años, y unos ñoquis, y había comprado jazmines, y una botella de sidra. Y que el pesado de mi padre ya había llamado quinientas veces a ver dónde estaba su querida hija porque en el Florida no me había encontrado y etcétera, etcétera.

Y fue entonces que el 208 justo se detuvo frente una plaza, y en la plaza había un árbol inmenso y la lluvia sobre el árbol le daba una claridad que, no sé, y entonces me di cuenta de que estaba por darme, que *ahí se venía, se venía, se venía*. Y se vino. Y me atacó. La felicidad. Y esta vez fue tan fuerte que tuve que sostenerme el pecho por miedo de que se notara.

Mi mamá me estaba esperando en la ventana. Llorando.

Que ya estaba por dar parte a la policía, dijo. Y que cómo venía en ese estado, toda mojada, sucia, y con los ojos tan brillantes que…, pobre hija.

—Por qué pobre, mamá.

—No me digas que de nuevo…

—Sí, la felicidad.

—Qué cosa, ¿no? —dice Beatriz—. A mí me asustaría una felicidad así de exagerada.

—¿Viste? Por eso me dan lástima las personas que no son yo. No saben lo que se pierden…

## 3

## La máquina de escribir

Son las siete de la tarde.

Las nenas, tomando baños de vapor.

Pablo, escribiendo su pared con marcadores.

El puchero, derramándose de la olla.

Los pañales, en el tendedero de la cocina.

La mesa, ocupada con las galeras de *Sueños y realidades*, que debo entregar mañana.

Lilí, comiéndose mis pantuflas.

Daniel, ausente.

Mi novela, durmiendo su sueño eterno en el cajón.

Son las siete de la tarde.

Hora de pensar en el divorcio.

Todos los días, a las siete de la tarde, pienso en el divorcio.

Suena el teléfono. Es Daniel, desde las ruinas de Palenque.

—¡Te encantaría esto! —dice, entusiasmado—. Cada cosa que veo pienso: «Cuánto le gustaría a Graciela». ¿Cómo están los chicos?

Yo alejo el tubo de la horquilla del teléfono, y lo dejo caer. Fallé. Seguro que el aparato se rompió.

No, no se rompió. De nuevo suena el timbre.

—¡Qué me hacés! —grita Daniel—. ¡Con lo que cuesta comunicarse desde México!

Dejó caer el tubo.

—¿Quién era? —dice Pablo.

—Un equivocado...

—Tengo que recortar veinticinco palabras con güe, güi.

—En toda la lengua española no existen veinticinco palabras con güe, güi —digo yo en voz baja.

—¿Qué cosa?

—Que traigas la pila de revistas de abajo de mi cama.

—Estoy descalzo. Y el otro día encontré una cucaracha muerta.

Una de las chicas aúlla desde el baño.

Dice algo ininteligible que Pablo traduce.

—¡Es Bettina! ¡Dice que se comió el jabón!

Corro a llamar a Emergencias del Hospital de Niños. El teléfono no anda (seguro que rompí la horquilla).

—¡El jabón del perro! —aclara Pablo con satisfacción—. Ahora se va a morir ¿no es cierto, ma, que se va a morir?

Me asomo a la ventana y llamo a Mirta.

—¡Comunicáte con Emergencias que Bettina se comió el jabón! —grito desde abajo.

—¡Me lo cortaron al teléfono! —grita Mirta desde arriba—. ¡Pero no pasa nada: dice doña María que el jabón, sobre todo el Manuelita, es buenísimo para la lombriz solitaria!

—¡El jabón para matar las pulgas, que es veneno puro, se comió! —grito desde abajo.

—¡Voy a un teléfono público! —grita Mirta.

—Cuando se muera la Bettina, ¿a quién le tocan los juguetes de ella? —pregunta Pablo.

—A Julieta —contesto yo sin saber lo que digo.

En Emergencias le dicen a Mirta que llevemos inmediatamente a la nena. Y que cómo dejamos el jabón del perro al alcance de un niño.

Pablo se ríe bajito.

—Y vos de qué te reís —digo yo, mientras trato de vestir a las nenas, que se retuercen y lloran.

—No te digo, porque te vas a enojar.

—No me enojo, decíme.

—La Bettina no se comió el jabón del perro —dice Pablo muerto de risa.

Sí me enojo. Muchísimo me enojo.

Mirta, que me está arreglando el teléfono con una cinta plástica, se pone contenta (ella siempre se pone contenta):

—¡Ah, qué suerte, si lo que se comió fue el jabón Manuelita entonces ya se le murió adentro la lombriz solitaria!

—Bettina nunca tuvo la lombriz solitaria —digo yo, con gesto hosco.

—Y vos qué sabés —dice Mirta un poco ofendida—. Mi prima Queti tenía la lombriz solitaria y nadie se había dado cuenta, ni la madre: eso que todos los días le revisaba la caca a mi prima. ¿Vos le revisás la caca a tus hijos todos los días?

—Mirta…

—¡Veinticinco metros de lombriz expulsó mi prima al final! ¿Sabés lo que son veinticinco metros? ¿O eran doscientos cincuenta?

—¡¡MIRTA!!…

—Con una horquilla del pelo revisaba la caca mi tía. Era como una fijación que tenía, pobre mi tía…

Pablo se ríe.

—Ningún jabón se comió la Bettina —dice Pablo, en voz baja, mientras se pone fuera de mi alcance.

—¿Entonces qué fue lo que dijo? —grito, al borde de un ataque de nervios.

—Yo qué sé qué dijo: algo —dice Pablo—. ¿Me buscaste las palabras con güe, güi o no me buscaste las palabras con güe, güi?

Suena el teléfono. Es Daniel, enojado.

—¡Yo no tengo la culpa de tener este trabajo interesante, sabés! Lo que pasa es que vos tenés conmigo un problema de competencia que…

Esta vez corto con mucho cuidado. No vaya a ser que se salga la cinta plástica. Se salió igual. Mirta la vuelve a poner.

—Cuando Bettina empiece a expulsar la lombriz solitaria, avisáme que me gustaría ver. Nunca vi una lombriz solitaria…

Baño a las nenas juntas, que para algo son mellizas. Todo bien hasta que llego a la cabeza. Se acabó el champú para los piojos. Aunque mejor es el jabón Manuelita. Para todo sirve el jabón Manuelita: para los piojos, para la lombriz solitaria… Ahora las nenas no quieren salir de la bañadera. Tengo ganas de amenazarlas con que se van a ir por el agujero. Pero no, cómo voy a hacer semejante cosa. Las amenazo. No les importa nada. Las saco a la fuerza. Saco una, bien. Saco la otra y se mete la primera. Y la segunda. Saco a la segunda y se pone a llorar. ¿Le habré dislocado el brazo? Oh, Dios mío… Me siento en el inodoro y yo también me pongo a llorar. Se ve que a ellas les da algo parecido a la lástima porque me estiran los bracitos para salir del agua. No, es para darme besos. Qué ricas. Yo aprovecho y las saco, las dos a la vez. En cualquier momento me voy a caer muerta del esfuerzo, y a nadie le va a importar.

Por suerte Pablo se baña solo. Solo y con todos los soldaditos.

—¿Te estás lavando bien con jabón?

—Síiiiii —dice él.

—Acordáte de lavarte el pito, como te enseñó el doctor Nicolini —digo yo—. ¿Te estás lavando el pito?

—Síiiii —dice él.

Lo espio: mentiras, se está lavando la frente. Siempre se lava la frente este chico.

Lo dejo. Tan sucio no puede estar el pito... Aunque si no se lo lava dice el doctor Nicolini que le puede dar esa enfermedad horrible que se llama, que se llama... Después me fijo en *La medicina al alcance de todos*, o le pregunto a Mirta, que tiene dos pitos, digo dos varones.

Son las ocho de la noche.

—¡A comer!

—¿Sopa de nuevo? —protesta Pablo.

—Sopa rica, con choclitos y caracú, que te hizo mamá, croquetas de arroz..., ¡y gelatina!

—El caracú no me gusta: parece moco.

—¡Moco, moco! —gritan las chicas, muertas de risa.

—Hasta ayer te gustaba.

—El caracú que hace la abuela me gusta, éste es una poquería. ¿Me buscaste las palabras con güe, güi o no me buscaste las palabras con güe, güi?

Las nenas se enchastran hasta el pelo, tendría que bañarlas después de comer, o darles de comer en la boca, que es más rápido. Pero el doctor Nicolini dice que hay que dejarlas experimentar con la cuchara... ¿Y si empiezo mañana, que es lunes? Eso, total nadie me ve. Con la derecha le doy a Bettina y con la izquierda a Julieta, como cuando les daba la teta, digo las tetas.

Son las nueve menos cuarto, hora de los cuentos.

Con Pablo leemos *Robin Hood* en voz alta, para que él practique. Yo soy el malvado y él es Robin.

—No quiero más ser Robin Hood. Quiero ser el malvado...

—Cómo es eso —me indigno—. Robin es buenísimo: les roba a los ricos y les reparte a los pobres.

—¿Y por qué no se queda con una parte?

—De tan bueno que es…

—¿Vos no te quedarías con una parte, eh?

—Sí… ¡NOOO! No sé…

Las nenas lloran porque quieren que les lea a ellas, o porque tienen sed, o porque sí se comieron el jabón y les duele la panza, o porque se les canta el culo, como dice Nicolini.

*«Había una vez una gallina que se llamaba Cocoquita…»* Las chicas lloran. No es este cuento el que quieren.

*«Había una vez un patito desobediente que quería…»* Lloran, éste tampoco es.

Son horribles estos cuentos: me parece que voy a tener que ponerme a escribirlos yo…

*«Había una vez una abejita que no quería trabajar.»* Las chicas se acomodan los chupetes. Y al ratito se duermen. Era éste el cuento.

Son las nueve y media.

Las nenas, durmiendo en sus cunas.

Pablo, durmiendo en su camita.

La Lilí, durmiendo sobre los restos de mis pantuflas.

Cuánta felicidad.

Llegó *mi* hora.

La hora de *mi* novela.

Me preparo un café.

Enciendo un cigarrillo.

Pongo la radio: música clásica bajita.

Traigo mi novela.

Y busco la máquina de escribir.

Es un incordio esta máquina, pero es la única que tengo. Me la prestó Guariglia. Recuerdo de familia, dijo, de cuando Sarmiento era boletinero en la guerra del Paraguay. Igual me sirve. Lo malo es que los caracteres son tan antiguos, no tiene signos de admiración ni de pregunta y no marca las diéresis. ¡LAS DIÉRESIS! Tengo que buscarle las palabras con güe, güi a mi pobre hijo…

Tenía razón Pablo: debajo de la cama encontré una cucaracha muerta. ¿Será la misma que encontró él? No, si ayer barrí debajo de la cama. Pero no me animo a poner cucarachicida: en un descuido los chicos se lo pueden comer. O ponérmelo a mí en el café... Cuántos hijos han acabado con sus madres poniéndoles cucarachicidas en el café. Basta leer *Crónica*.

¿Y si en vez de buscar las palabras en las revistas —que seguro no las voy a encontrar— recorto el viejo y querido *Upa*? NO. ¡Jamás recortaré un libro para darle el gusto a una maestra loca! Lo recorto. *Paragüita*, *paragüero*, *lengüita*, *agüita*, *sinvergüenza*. Yo nunca mandé a mis alumnos a recortar palabras con güe, güi..., creo... Sí, me parece que los mandé, pero igual...

Vuelvo a mi novela.

El café, el cigarrillo, la música clásica bajita.

Qué felicidad.

Si yo solamente nací para escribir.

Escribir, viajar por el mundo, vivir en hoteles, comer en restoranes, bañarme durante horas en bañaderas redondas sin pensar en nada, sin que nadie me pida nada... Ser soltera. O viuda sin hijos. Y tener un cuarto propio, con vista al mar, o a una montaña, o a una terraza florida... Aunque por ahora me conformaría con una simple, sencilla y económica máquina de escribir...

Julieta tose. ¿De nuevo el falso *crup*? No, es que extraña a su papá, seguro. Le doy agua y se vuelve a dormir.

Pablo dice entre sueños que le apague la luz de arriba. Pero se me rompió el velador: no veo nada sin la luz de arriba. ¿Cómo habrá escrito Juana Manuela Gorriti, que ni un triste velador como el mío debió tener? A la luz de las velas, claro. ¿Y si pruebo con las velas de la última Navidad? *«Si vas a escribir, escribirás...»* ¿Quién dijo algo así? ¿Faulkner? No... ¿Hemingway? No: Bukowski, el viejo sucio. *«Si vas a escribir, escribirás, en una mina de carbón o en un cuarto pequeño, con tres niños»*, que es peor que en una mina de carbón... Prendo las velas.

Tampoco tiene paréntesis la máquina de Sarmiento. Tenía, pero se borraron. Con la cantidad de paréntesis que yo uso. Paréntesis, conjunciones al comienzo de frases, subordinadas dentro de subordinadas, dentro de subordinadas...

Pero yo no tengo que analizar mi escritura: tengo que escribir nomás.

Entonces escribo.

Escribo.

Escribo.

Voy por el segundo jarro de café.

Es el momento de detenerme y agregar los paréntesis, los signos de admiración y de interrogación (nunca con esta máquina escribiré una obra de teatro), las diéresis (por suerte no puse ni agüita ni nada de eso).

Ahora a corregir. Recortar y pegar. Volver a corregir. Vover a pasar todo de nuevo...

Va a ser una gran novela ésta.

Son las doce y media de la noche.

Suena el teléfono.

Antes de que Daniel alcance a decirme algo, le grito:

—¡Si volvés sin una máquina de escribir, podés quedarte donde estás!

Y corto.

Hoy vuelve Daniel.

Después de un mes y medio de viaje.

Tengo muchas ganas de que vuelva.

Pero cuando lo vea, tendré ganas de que se vaya.

Siempre me pasa lo mismo.

Es raro, dicen.

Tiene que ver con una indefinición manifiesta de mi sexualidad, parece.

Si yo, en vez de preferir limpiar baños, preparar comidas, lavar pañales a mano y cosas de ésas, prefiero visitar las ruinas de Palenque, viajar en aviones, bañarme en el Caribe y escribir una novela, es que algo anda muy mal en mí.

Así, por lo menos, dijo la sicóloga que nos vino a hacer una entrevista a Daniel y a mí para una revista del corazón.

¿Será que yo aún no he dejado de ser hija y, por lo tanto, no estoy en condiciones de ser madre? ¿Será que tengo una fijación edípica?

Si yo rechazo mi casa, es que rechazo mi vagina, mi ser mujer, mi maternidad. ¿Acaso ignoro yo que para una mujer, lo que se dice una verdadera mujer, estrujar un simple y sencillo trapo de piso es algo que tiene que ver con el orgasmo? A propósito: qué clase de orgasmo tengo yo (si es que tengo): ¿vaginal o... *clitoriano*?

Ojalá que Daniel vuelva de día. Porque si vuelve de noche, me despierta a los chicos. A él le encanta despertarme a los chicos a las tres de la mañana y decirles:

—¡¡Llegó papá!! ¿Y a qué no saben que les trajo?

Entonces los tres se levantan, Daniel abre los paquetes, y ahí empieza la gran jarana.

Si hay algo de lo que carece Daniel, es del sentido práctico de la vida.

Porque lo que nosotros necesitamos, lo que necesitamos de verdad, es dinero. Para comprar comida, por ejemplo. Para pagar las cuotas del departamento, el gas, la luz, el teléfono, por ejemplo. ¡Para comprar una máquina de escribir con sus signos de admiración y de interrogación, sus paréntesis, sus diéresis...! Pero Daniel no, lo que trae son muñecas que hablan, perritos mecánicos que entran y salen de sus cuchas, trenes eléctricos, sombreros mexicanos, máquinas para hacer helados, payasos de tamaño natural...

Aunque hoy todo va a ser distinto.

Daniel me habló por teléfono para decirme que antes de las nueve de la noche estaba en casa, y con un regalo para mí.

—Un regalo muy importante —dijo, y recalcó lo de *muy importante*.

—¿Qué regalo? —dije yo, haciéndome la tonta.

—Veremos, veremos, después lo sabremos —dijo, contento. Y después agregó—: Te vas a caer de culo cuando lo veas.

No lo quise desilusionar. Son tan previsibles los hombres…

Prepararía una comida estupenda.

Compraría una botella de champán.

A los chicos los haría dormir la siesta.

Y me pondría el vestido celeste de *crochet*, el de la minifalda, que le gusta a él.

Y a Pablo, el trajecito del casamiento de mi cuñada.

Y a las nenas, un moño rosa en la cabeza. De satén el moño.

Son las ocho y media y ya tengo todo listo, por si el avión se adelanta: la mesa con el mantel recién lavado, las copas azules, las velas de Navidad, los platos de mi abuela. En el horno, un pollo a la naranja. Y en la heladera una sidra (no me alcanzó para el champán), y un postre de vainillas.

Son las diez, y las nenas duermen desparramadas en sus sillitas altas. Sin comer. Y sin moños.

Y Pablo se arrastra por el suelo jugando a la guerra con las cucarachas muertas (mañana voy a comprar un cucarachicida sí o sí, y que Dios me ayude). Hasta que se queda dormido debajo de la cama.

A las diez y media, acuesto a las nenas en sus cunas y a Pablo en su cama. Todos vestidos y con zapatos.

A las once me hago un café y prendo la radio, a ver si ha habido un accidente aéreo.

A las doce llamo a Ezeiza y me dicen que el avión llegó en hora, a las 19.47.

Entonces hago lo único que puedo hacer.

Busco la máquina de Sarmiento, saco mi novela y me pongo a escribir («Si vas a escribir, escribirás...»).

Y escribo.

Escribo.

Escribo.

En eso, la llave.

Muy a mi pesar, siento el cosquilleo de alegría de la llave en la cerradura. ¡Y TAMBIÉN SIENTO UN ODIO INCONTENIBLE!

Me pongo a teclear con frenesí.

Se abre la puerta y entra Daniel.

Se lo ve alegre, bronceado, saludable. Cargado de maletas y paquetes.

Sigo aporreando la máquina como si en eso me fuera la vida.

—¡Hola! ¿no? —dice el muy guacho, que tiene guayabera nueva y huele a Kenzo—. ¿No me vas a saludar?

—Hola.

—¿Y ahora qué pasa? No me digas que los chicos ya se durmieron.

—Es la una de la mañana. Tus hijos se duermen a las ocho y media. Y vos me dijiste que llegabas antes de las nueve…

—Es que pasé por la redacción para dejar el material. ¡No sabés el material que traje! Les encantó a los muchachos…

—Me imagino.

—¿Y ese tono? Porque si querés, después hablamos. Pero ahora preferiría darles los regalos a los chicos. Y a vos, ja…

—Te prohibo terminantemente que despiertes a mis hijos. Se quedaron dormidos sin comer, esperándote y…

—¡PAPI! ¡PAPI! ¡PAPITO!

Los tres chicos corren a abrazarse al padre.

—Yo comí en el avión —buenísima la comida—, pero podemos volver a comer ahora, en familia. Digo… Y de paso les doy los regalos que les traje.

—¡Primero los regalos! —dice Pablo, que está cabalgando sobre las valijas.

—¡NO! —digo yo.

—¡Síiiii! —dice Daniel, con una nena en cada brazo.

Me rindo.

Además yo también quiero ver mi nueva máquina de escribir.

Daniel empieza a sacar los regalos.

Dos vestiditos de Guatemala, bordados. Bien, para los quince les van a ir perfectos.

Tres sombreros mexicanos. Tenemos cinco, pero nunca están de más.

(Mi máquina, cuándo viene mi máquina.)

Dos cajitas de música con unas muñecas que bailan al son de *Para Elisa*. Eso me gusta, es lindo.

Una ametralladora que tira pelotitas con fuego. Eso es horrible, peligroso y alguien va a terminar lastimado, por ejemplo la perra. O yo.

Relojes. Y no cualquier clase de relojes: éstos tienen cronómetro, son sumergibles, y te dan la hora en Tokio, que es tan útil…

—Mañana lo llevo a la escuela —dice Pablo.

—Mañana es hoy —digo, tratando de aclarar las cosas—. Pero ni se te ocurra llevarlo a la escuela…

—¿Por qué no, pobrecito? —dice Daniel.

—¿Viste, mala? —dice Pablo, abrazado a las piernas del padre y mirándome con ojos de odio.

—Mala, mala —dicen las traidoras a coro. (¿Cuándo las nenas aprendieron a decir mala?)

Daniel le habla en la oreja a Pablo, que se tranquiliza y se sonríe. Seguro que están confabulando en mi contra.

Pero no me importa. Estoy cansada. Quiero mi máquina. Y comer mi rico pollo a la naranja. Y tomar mi sidra.

—¡Y ahora los regalos para mamita! —dice Daniel triunfante. Y los chicos hacen las paces conmigo y me aplauden.

Un reloj que da la hora en Tokio. Bueno.

(La máquina, la máquina.)

Una máscara azteca. Con esta tenemos nueve. Podemos poner un puesto callejero y sacar unos pesos...

(La máquina, por favor.)

Un pectoral maya de esmeraldas auténticas que Daniel consiguió baratísimo de un vendedor ambulante que era descendiente directo de no sé qué rey.

La diosa de la fertilidad. Oh, no, por favor, que esté un poquito fallada.

—¡Y ahora!: *¡TA TA TA TAN!*... Cerrá los ojos... Yo cierro los ojos y estiro las manos.

—¡EL BOTE INFLABLE!

—¿¿QUÉ COSA?? —digo yo, que siento que estoy poniéndome mala, mala, odiosa, como una bruja.

—¡El bote inflable! ¡Quince metros de largo! ¡Cuatro remos! ¡Una capacidad para seis personas cómodamente instaladas!

Los chicos saltan, gritan. El perro ladra. El vecino de al lado golpea la pared. Mirta se asoma y pregunta si Bettina ya está expulsando la lombriz solitaria.

—¿Y mi máquina? —digo yo. O creo decir, porque me parece que perdí la voz.

—Y aquí…

—¡Mi máquina! Gracias, yo sabía que…

—¡El in-fla-dor! —dice Daniel, exultante de gozo. Y con ayuda de los chicos y la colaboración de la Lilí, empieza a inflar el mamotreto ese.

Como soy la única que no salta ni se entusiasma y está petrificada, Daniel me mira de reojo.

—Qué mala onda, eh…

—¿Y mi máquina? —pregunto yo.

—¿Qué máquina?

—Mi máquina de escribir…

—No vas a comparar. Nadie tiene un bote inflable. En cambio una máquina de escribir… ¿quién no tiene?

—Yo… Yo no tengo… —digo, con ganas de llorar. Y empiezo a caminar hacia la puerta, para que los chicos no me vean.

—¿Y ahora dónde vas? —me dice Daniel.

—A dar una vuelta.

—Son las dos de la mañana…

No contesto. Y dando un portazo salgo del departamento. Y bajo hasta la puerta de calle. Y allí me quedo, parada.

Mañana, a las siete de la tarde, pensaré en el divorcio. Seriamente.

A la media hora vuelvo.

El departamento, que en total mide treinta y cinco metros cuadrados y en el que sólo se puede caminar de costado, ocupado totalmente por el bote inflable.

Rojo, azul y amarillo el bote. Bien brillante. Lleno de banderitas.

—Ahora vamos a vivir acá —dice Pablo, comunicándome una decisión tomada en mi ausencia. Y las nenas asienten, felices, cada una con un remo en las manos—. A los chicos de mi escuela les va a encantar venir a jugar al bote.

—Seguro —digo yo—. ¿Y papi?

—Se quedó dormido adentro del bote, al lado de la Lilí —dice Pablo—. Yo también quiero dormir aquí. Para siempre quiero dormir aquí, ¿puedo?

—Claro —digo yo.

—¿Las chicas también pueden? —dice Pablo, un poco asombrado.

—Sí —digo yo.

—¿Y vos?

—No sé si entro —digo yo.

—Sí que entrás —dice Pablo—. Yo te hago un lugarcito. Así estamos toda la familia junta, ¿no?

—Eso es cierto —digo yo.

—Acá podemos comer, hacer los deberes, leer los libros, invitar a la abuela —dice Pablo. Y yo noto que se retuerce la oreja, como cada vez que no da más de sueño.

—Me parece bien —digo yo.

Son las tres de la mañana.

Voy al horno y me corto un pedacito de pollo a la naranja.

Voy a la heladera y me sirvo una copa de sidra.

Me siento a la mesa, prendo las velas de Navidad, me como el pollo y me tomo la sidra. Falta el postre. Está buenísimo: me como otro pedazo. Una comida como ésta no puede terminar sin un buen café. Lo tomo. Qué placer.

Ahora sí, puedo levantar los platos. Por suerte hay poca vajilla para lavar. Mañana la lavo. Pero mañana es hoy. Doblo bien el mantel, lo guardo y enciendo un cigarrillo.

Entonces pongo la radio: música clásica, bajita, acerco las velas de Navidad con las que escribía Juana Manuela, apago la luz de arriba para que duerman los del bote, busco mi novela, traigo la máquina de Sarmiento y empiezo a escribir («Si vas escribir, escribirás...»).

Tengo dos horas por delante, para mí sola.

Qué felicidad.

Va a ser una gran novela ésta.

# 4

# Adolescentes

Los pelos en la piletita del baño.

Eso es lo que más me molesta.

Me despierto de madrugada pensando:

«Seguro que la piletita está taponada de pelos».

Entonces me levanto —todavía es de noche—, subo en puntas de pie la escalera de caracol, atravieso el pasillo, abro la puerta en la que cuelga el letrero esmaltado que conseguí en Plaza Francia —*Private* dice, entre florcitas lilas y celestes—, prendo las luces sobre ese espejo de camerino que nos salió carísimo, y sí, allí están, taponando el desagüe de la piletita azul: los pelos.

Son las cinco de la mañana. No es hora de destapar la piletita. Además, ignoro dónde esos desgraciados escondieron la sopapa.

Y, lo más importante: no soy yo la encargada de destapar la piletita. Son ellos.

O que no la destape nadie. Yo, tranquila.

Mientras la puerta del baño permanezca cerrada, yo, como si nada.

Si no, ¿para qué voy a terapia?

En puntas de pie y a oscuras —a ver si alguno se despierta y encima se enoja porque estoy en *su* baño—, bajo la escalera de caracol (un día de éstos me voy a romper una pierna y voy a quedar inválida y ellos van a cargar con la culpa de por vida. Con lo difícil que es cargar con una culpa de por vida).

Me vuelvo a acostar, en silencio.

—¿Otra vez en el baño de los chicos? —dice Daniel, sin siquiera tener la gentileza de darse vuelta.

Y ya no puedo dormir más.

La culpa la tengo yo.

Quién me manda soñar con un baño blanco.

Blanco, de cerámica brillante, con algunos toques delicados de lila y de celeste.

El baño para los chicos. Para ellos solos. Dos nenas y un varón.

Pero resulta que los chicos no son chicos, son adolescentes.

Tres adolescentes, que es como decir tres fieras en celo.

Por razones ideológicas —nadie nació para limpiar baños ni destapar cañerías, y cada uno debe hacerse cargo de la mugre que produce, salvo que sea lactante o anciano impedido—, y porque si hay algo que no sobra en esta casa es el dinero, jamás conté con ayuda doméstica.

—Apenas esté en condiciones de hacerlo, cada miembro de la familia se ocupará de sus propias cosas. Y, entre todos, nos ocuparemos de las cosas de todos —decía yo.

Mientras eran chicos, la idea funcionaba más o menos bien. Cierto es que yo era la que tenía que tender las camas de nuevo, después de que ellos las hubieran tendido —sin que lo advirtieran, para no crearles ningún trauma—, y que buena parte de mi energía se gastaba en rogarles que juntaran los juguetes y la ropa. Pero por lo menos mostraban buena voluntad, y eran simpáticos, amables, besucones... Y diariamente me juraban su amor eterno en hojitas de cuaderno que todavía conservo, encarpetadas. Además, vivíamos en un departamento tan chiquito que mucho no se podía pedir.

—Cuando tengamos una casa grande y ellos sean adolescentes, va a ser mejor —me ilusionaba yo.

Sí, sí. Cómo no.

Porque ahora nos mudamos a una casa grande, y ellos ya son adolescentes (diecisiete el varón, catorce las chicas). Y es notable cuánto empeoraron las cosas. Por empezar, siempre están de mal humor, y con los ojos entrecerrados, como con sueño o dolor de cabeza. Y contestan con monosílabos. Y arrastran los pies al caminar, como si les pesaran (¿será que cuando eran chicos nunca les pudimos mandar a hacer las plantillas ortopédicas? Seguro que es eso).

Al llegar a esta casa, el arreglo fue que ellos se iban a hacer cargo de la limpieza de sus habitaciones y del baño. (Todo nuevo. Con salida a una terraza florida. Dos habitaciones y un baño. Blanco el baño —¿ya lo dije?—, de cerámica brillante.)

La vida con tres adolescentes es una desgracia espantosa.

Ni qué decir si dos de los tres son chicas, mellizas.

—¡Los pelos en la piletita los deja *él*! Y nosotras no nos vamos a hacer cargo de los pelos de *su* barba.

—¡Los pelos en la piletita los dejan las chicas, que se afeitan con *mi* máquina! Y después yo me corto…

Ése, el de los pelos en la piletita, es uno de los temas.

También está la poca efectividad al apretar el botón del inodoro.

El creer que el tachito de basura —lila y celeste, al tono— se desagota solo.

La imposibilidad de cerrar correctamente las canillas.

Y otros detalles menores.

La sicóloga me dijo:

—Usted, tranquila. No abra la puerta de *ese* baño. Después de todo es el baño de ellos.

Y ellos son dueños de su propia suciedad.

Es que no sólo se trata del baño.

Están las habitaciones.

Una grande, para las mellizas.

Otra, más pequeña —con entrada independiente pensando en un futuro—, para el varón.

—Usted, tranquila. Ni se le ocurra limpiar las habitaciones de ellos. Tampoco entre. Déjelas, que estallen de suciedad —dice la sicóloga, entusiasmada (¿será todo lo buena que se supone esta sicóloga?)—. Y si quieren pintar las paredes con aerosol negro, como Charlie García, bien, usted, tranquila. Es su modo de ejercer la libertad. Mire si la madre de Charlie García no le hubiera dejado usar al hijo el aerosol negro, ¿eh? Acaso Charlie nunca hubiera podido escribir *Canción de Alicia*. ¿Qué me dice?

Sí, claro.

Pero hoy no pude más.

Resulta que yo pasaba por el pasillito de ellos —porque para salir a la terraza a colgar la ropa no tengo más remedio que pasar por ahí— y sentí un impulso fatal. Estaba sola en la casa. Ellos no vendrían hasta la tarde. ¿Qué tal si echaba una ojeadita a sus habitaciones? Nadie jamás se enteraría nunca. Ni siquiera mi amiga Mirta. Menos que menos la sicóloga: estoy harta de pagar para que me reten.

Primero habría que cerrar la puerta de calle con llave (y tranca, por cualquier eventualidad). A ver si a alguno se le ocurría llegar antes.

Y también me vendría bien encederme un cigarrillo. Todo se tolera mejor con un cigarrillo en la mano.

Cuando abrí la puerta de la habitación del varón sentí algo raro en la nuca, como un viento helado.

Y cuando abrí la puerta de las chicas, me dio una especie de vértigo.

Y tuve que sentarme en el suelo.

Así estuve, un buen rato.

«En algo me tuve que haber equivocado mucho, *pero mucho*», fue lo primero que se me ocurrió. Después pensé que los hijos nuestros debían de haber caído en poder de una secta, de ésas que hacen que los hijos odien a sus padres, se pelen la cabeza, se cuelguen aros en lugares insólitos y otras cosas igualmente espantosas. O que estuvieran metidos en la droga. O ambas cosas. ¿Y las malas juntas, como dice mi papá?: eso debe ser. La chica de pelo verde y pollerita de cuero no me gusta nada, pero nada. Y el flaco alto del aro en la lengua, que anda siempre descalzo, menos. Ellos debían tener la culpa de todo.

Pero al cabo de un rato decidí que el único y verdadero culpable era mi marido. Nunca supo ponerles límites a los hijos. Lo que sí sabe es llenarme a mí la cabeza y después borrarse como el mejor y hacerse el moderno.

Entonces me levanté y marqué el número de mi amiga Mirta:

—A mí me pasa lo mismo: es por el asunto del karma. Estamos pagando culpas de vidas pasadas. Yo lo que hago es limpiarles las habitaciones todos los días, así no se me amontona. Si te consuela, te cuento la última de Gustavo: se hizo un tatuaje. Una libélula. Grande. En el pito...

Y cortó cuando la voz se le trabó en un gemido.

La verdad es que me sentí un poquito consolada. *Mi* hijo era incapaz de semejante cosa... Aunque al rato nomás ya no estaba tan segura. Después de todo, los padres son los últimos en enterarse de las atrocidades de las que son capaces sus hijos. ¿Y si se lo había tatuado al pito? Acaso convendría hablar con Daniel, para que se lo preguntara de frente, cara a cara, hombre a hombre.

De inmediato rechacé idea tan extravagante.

Si nunca pudo decirle siquiera que los Reyes eran los padres.

No, no, lo más seguro es que yo lo comprobara en vivo y en directo: lo espiaría cuando fuera al baño. O mejor: cuando estuviera dormido.

Entonces hice lo único que me quedaba por hacer: me puse a limpiar las habitaciones. El baño lo dejaría para lo último.

¿Cómo le iba a explicar esto a la sicóloga? Ensayé varias justificaciones.

«Se trataba de focos infecciosos.» Y ahí podría extenderme sobre el tema del cólera, el dengue, y cosas de ésas.

«Estaba nerviosa y para mí limpiar es un cable a tierra.»

No me convencía.

Lo mejor era abandonar la terapia. O cambiar de terapeuta: cada vez estaba más segura de que esta sicóloga no tenía hijos. Y si los tenía, los había entregado en adopción.

Empecé por la habitación de las chicas: en bolsas de consorcio junté pedazos de sánguches, botellas de plástico vacías o a medio llenar con líquidos de olor nauseabundo, puchos de cigarrillos (¿desde cuándo estas guachas fuman?), restos de comidas y de papeles húmedos, medias sucias, casetes rotos, apuntes, velitas de cumpleaños, cartas (¿cartas?: hice un montoncito y las aparté), diarios íntimos (¿diarios íntimos?: los puse encima de las cartas)...

Al cabo de unas horas, la habitación iba tomando un aspecto, digamos, humano. Mucho plumero, mucho detergente, varias fregadas de piso, cambios de ropa de cama. Las cosas a los estantes, los libros con los libros, la ropa limpia en los placares, la ropa sucia al cajón de la ropa sucia. Bien, bien, bien…

—Ahora me tomo un té y empiezo con la de Pablo.

Pero allí estaban las cartas. Y los diarios íntimos.

Mis hijas podían estar tranquilas. Jamás, por ningún motivo, su madre cometería la infidencia de inmiscuirse en sus papeles (como sí había hecho mi propia madre).

Claro que ésa era la única manera de enterarme de si en verdad habían caído en poder de una secta o de los traficantes de drogas. En tal caso, leer las cartas y los diarios íntimos sería más bien un deber. (Por la sicóloga no tenía que preocuparme: acababa de decidir abandonarla —y no reemplazarla por ninguna otra— y usar ese dinero en algo útil, como ser cursos de danzas celtas o de confección de tarjetas españolas.)

Abrir las cerraduras de los diarios íntimos con una horquilla de pelo es dificilísimo (antes venían mejores las horquillas: mi mamá abría mis diarios con una facilidad asombrosa).

Sentada en el suelo, leí las cartas, los diarios y cuanto papelito cayó en mis manos. Es cierto que me asusté, y varias veces el corazón se me estrujó de angustia. Pero de sectas y drogas, ni una palabra... ¿Acaso mis hijas tenían —como yo de niña, debo reconocerlo— un doble par de diarios: uno para que pudiera ser leído tranquilamente por mi mamá y otro, el verdadero, lleno de horribles secretos? Pero mejor poner el pensamiento positivo en acción y abocarme a la habitación de Pablo.

La verdad es que los dibujos con aerosol negro son un golpe duro de aceptar. Y lo que dijo la sicóloga acerca de Charlie García es una boludez (ahora lo puedo pensar y hasta decir en voz alta, total, yo a la terapia no vuelvo). A mí Charlie García me encanta —sobre todo *Cuando ya me empiece a quedar solo*, que así voy a terminar yo (la gata loca la tengo)— pero si fuera mi hijo o mi yerno, me ataría una piedra bien grande al cuello y me arrojaría al Río de la Plata. Voy a ver si le digo a Daniel que el domingo le dé una buena pintada a la habitación. Aunque mejor voy a la pinturería, pido instrucciones y el lunes la pinto yo.

Cuando abrí el placard de Pablo me sorprendí: no sabía que le gustaban tanto los chocolates. Pero ¿por qué los guardaba adentro del placard? Se le iban a derretir. Habría que ponerlos en la heladera… Pero… ¡Oh, no! ¡No eran chocolates! Eran… ¡FORROS! ¡Forros, preservativos, condones, profilácticos! ¡Al por mayor! ¡De todos colores! ¡Con diferentes envolturas y formatos! ¡Saborizados! Así que nuestro hijo usa forros y el padre tan tranquilo… Es decir: nuestro hijito se la pasa fornicando —si no, no compraría resmas de forros—, y los forros suelen pincharse —si lo sabré yo—, y entonces puede embarazar a una chica…, o a varias…, ¡y el padre en la luna de Valencia, incapaz de hablar con el hijo de las cosas de la vida! Tendré que llevarlo al pediatra, como había pensado. Pero el padre que no, que ya le voy a hablar yo cuando llegue el momento…

Terminé de limpiar la habitación.

Y me encaminé al baño.

Ya lo sabía: la piletita taponada de pelos.

Pero el baño lo dejaría para mañana.

Y esta noche: reunión de familia.

Cuando llegaron los chicos y vieron sus habitaciones limpias y relucientes pusieron el grito en el cielo. Y las mellizas exigieron que les fueran devueltos todos los objetos que yo, invadiendo su propiedad privada y en un gesto inaudito de autoritarismo —y después hablaba de los militares, ja, ja—, les había incautado. De lo contrario se irían a vivir para siempre con su abuela, que ella sí era buena y les daba la leche en la cama y los dejaba ver televisión todo el tiempo.

—¡Si era pura basura! Papeles sucios, botellas vacías…

—¡¡Me tiraste la botella de la que tomó Espineta!! —rugió con cara de loca una de las chicas—. ¡La había cambiado por el camafeo de la abuela! ¡Nunca te lo voy a perdonar! —Y se puso a llorar a los gritos.

Y la otra me dijo que apenas tuviera uno o dos años más, se iba al extranjero para siempre sin dejarme la dirección.

Pablo no dijo nada (no es de hablar), pero salió, volvió con un aerosol rojo y se encerró en su habitación.

Llegó Daniel y, por supuesto, me echó la culpa de todo a mí. Y cuando le avisé que su hijo coleccionaba forros y sus hijas coleccionaban botellas con líquidos inmundos dijo:

—Bueno.

Otra vez me despierto en la madrugada.

No necesito subir para saber que la piletita del baño está llena de pelos. Necesito subir para saber si mi hijo se tatuó el pito.

Voy a la cocina a tomar agua. Y a buscar la linterna.

Sin encenderla, subo por la escalera de caracol.

Primero entro en la habitación de las chicas. No puedo evitar la tentación de iluminarles las caras: primero una, después otra. Qué diferentes son, siendo mellizas. Y qué lindas se las ve. Hace frío y ellas están destapadas. Les acomodo las mantas. Y no les doy un beso porque, como no me quieren más, si se despiertan se van a enojar.

Entonces voy a la habitación del varón. Está tan dormido que ni se va a dar cuenta cuando le mire el pito. Se lo ve tan inocente… La misma cara que tenía de chiquito… Y pensar que ahora se la pasa fornicando. O a lo mejor sólo se compró los forros para cuando fuera grande y tuviera novia... Le saco la manta y él se mueve y dice algo entre sueños. Rápidamente lo tapo de nuevo. Si me llega a ver examinándole el pito con una linterna va a pensar que estoy loca. No, seguro que no se lo tatuó.

Apago la literna y a oscuras bajo por la escalera de caracol. Un día de éstos me voy a romper una pierna y ellos van a cargar con la culpa de por vida.

Pero no me vuelvo a acostar. Si total no podría dormir.

Entonces voy al placard, al estante de arriba, y bajo la carpeta con los papeles donde los chicos, entre dibujitos de corazones y estrellas de brillantina, me juraban amor eterno.

Mientras paso una tras otra las páginas, se me ocurre pensar qué bellos y buenos y vulnerables son los adolescentes cuando están dormidos.

# 5

# Las cenizas de papá

Papá se muere.

Hace muchos años que lo viene anunciando, desde que yo tenía cuatro y él treinta.

Horribles enfermedades parece que siempre sufría mi papá.

Y mi mamá lloraba.

Y todos los maestros venían a casa con corbata negra, a darle el pésame a mi mamá por adelantado, y a decirle qué picardía, una viuda tan joven y tan linda, y con una nena chiquita, por qué siempre se mueren los buenos y el cornudo del Inspector sigue ahí, lo más pancho.

Como yo tenía buena letra y era prolija, a partir de los seis años empecé a escribir los testamentos que mi papá me dictaba. (Una pila de testamentos tengo guardados de recuerdo, escritos en hojitas de cuadernos marca Gorriti, los que entregaba la Cooperadora a los maestros, a los niños pobres, y a los hijos de los maestros, que también éramos niños pobres.) Siempre terminaban así los testamentos: «Y por ningún motivo permitan la entrada al Inspector de zona, ese cornudo». También decían que quería que su funeral fuera sencillo, sin muchos homenajes, solamente con el *Himno a Sarmiento* cantado por el coro polifónico de la Confederación de Maestros, cuando el féretro se detuviera frente a la puerta del Mariano Acosta. Y ahí mi papá, con los ojos cerrados y la voz entrecortada entonaba bajito: «*Fue la luuucha tu vida y tu elemeeento…*». Y mi mamá, vuelta a llorar.

Los maestros salían de mi casa moviendo la cabeza.

—El cigarrillo lo mató al pobre Cabal.

—El cigarrillo y el exceso de trabajo.

—El cigarrillo, el exceso de trabajo y las trasnochadas… ¡Un jugador de póker como nunca se ha visto!

—Pero si siempre perdía…

—Perdía, pero qué bien jugaba. Lo que tenía era mala suerte, por eso de que «afortunado en el juego…».

Y entonces los maestros se sonreían:

—Este Cabal… Un calavera de los que ya no quedan.

—Sí, qué pérdida para la enseñanza… ¿A quién le darán sus horas de literatura?

Pero a los pocos días mi papá empezaba a resucitar de entre los muertos.

—Como el gato Félix —decía mi tía, que no lo podía ni ver a mi papá.

—Ave Fénix —aclaraba con un hilo de voz mi papá, que tampoco la podía ni ver a mi tía.

A la semana, mi papá andaba fresco y orondo, con su peinada a lo Gardel, sus lentes al aire con virola de oro, su Oreón gris un poquito ladeado a la derecha, sus zapatos bien lustrados de bailarín de tango, su cigarrillo Fontanares entre los dedos amarillos de la mano derecha y algún libro forrado en papel de diario en la mano izquierda.

Pobre papá.

Fue así que después de varios años de matrimonio, mi papá agonizaba y a mi mamá no se le movía un pelo.

—Ahora sí que es el fin... —gemía mi papá—. Quiero que me velen en casa...

—Bueno —decía mi mamá, y se iba para la cocina, a escuchar *Los Pérez García*.

—¡No se gasten en llamar al médico: ya es tarde! —gritaba mi papá.

—¡Bueno!

—¡Y juéguenle al 11 y al 17 y al 48! Ah, y que venga la nena...

—Termina las cuentas y va.

—Que se apure...

Y entonces yo me apuraba y ahí iba, con mi cuadernito de los testamentos.

—No te acerques mucho —decía mi papá—, porque esto debe de ser contagiosísimo. Tiráme un besito que me hace bien. Y escribí...

Pero una de las veces se enfermó tan grave mi papá, que hasta mi mamá se asustó.

Y el padre Colombo le dio la extremaución...

—Alguna vez tenía que ser cierto —le dijo mi tía a mi mamá—. Lo que convendría ahora es correr las bibliotecas para que entren las coronas, y pasar una mano de cal a las paredes, que están a la miseria.

Esa vez mi papá juró frente al retrato de la madre y al cuadro de la Virgen del Socorro que si se salvaba dejaría el cigarrillo para siempre.

—Por la nena lo juro.

Y la madre y la Virgen se ve que se pusieron de acuerdo y lo ayudaron, porque mi papá se salvó.

Y lo primero que hizo cuando se salvó fue llamarme a mí.

Y yo fui, con mi cuadernito de los testamentos.

—No, testamento no. Solamente jurame una cosa.

—Te juro.

—Con los dedos cruzados no sirve. ¿A ver las manos? Así está bien.

—Dale que me canso…

—Si alguna vez te das cuenta de que me estoy por morir, dame un cigarrillo Fontanares.

—¿Por qué?

—Porque sí. ¿No te vas a olvidar?

—No.

—Mirá que me juraste, ¿eh? Y decíle a tu madre que le juegue al 11, a la cabeza y a los premios.

Pobre papá, que sobrevivió a todos sus amigos. Y a sus enemigos. Y a sus médicos. Y a su hermano el millonario. Y hasta al cornudo del Inspector.

Y que nunca ganó al póker ni a la quiniela ni a la lotería ni a nada.

Pero ahora es verdad.

Papá se muere.

—Decíle a tu madre que no sea rencorosa y deje que me pongan en la bóveda de ella.

—Le digo, pero no va a querer.

—Decíle que no voy a ocupar mucho lugar. Apenas el de un copón con mis cenizas. Elegíme un copón lindo, nena, dorado, ¿querés? Y traéme *El amor en los tiempos del cólera*.

—¿Ya terminaste el que te traje ayer?

—No, pero siempre necesito un libro de repuesto, por cualquier cosa. Mejor traéme dos. Ah, y cuando te vayas…

—Ya sé. Le juego al 11.

—A la cabeza y a los premios. Y acá tenés las monedas para el colectivo, así no tenés que abrir la cartera. Está lleno de chorros Buenos Aires.

—Papá, ya soy abuela…

—Igual yo te tengo que cuidar. Por eso no me puedo morir. Y porque tengo que ver cómo termina el libro que estoy leyendo. Y escuchar los tangos en la radio, total el de al lado es sordo. Sí, todavía tengo algunas cosas que hacer.

—Claro.

—Vení temprano mañana, eh.

—Seguro.

Y como justo pasa la enfermera rubia de la noche, papá le agarra la mano y le recita: «*Nunca fuera caballero de damas tan bien servido…*».

La enfermera se ríe y dice que cuando el profesor se mejore se van a ir los dos juntos de parranda por ahí.

—Mamá, dice papá si, *por favor*, no dejás que pongan sus cenizas en la bóveda de ustedes.

—Decíle a tu padre que por qué no le pide la bóveda a la mujer esa que vivía con él —dice mi mamá. Y yo noto que está llorando.

—Dice papá que es apenas un copón con las cenizas. Y no llores, mamá.

—¿Quién llora? —dice mi mamá. Y me corta.

Entonces yo les digo a los chicos que mañana, sin falta, hay que ir al hospital a visitar al abuelo.

—¿Justo mañana?

—Sí.

—¿Los tres juntos tenemos que ir?

—Los tres juntos.

Pobre papá.

Hoy tampoco salió el 11.

Muy triste está mi papá esta mañana. Me dice que no puede comer. Que todo le da asco. Y que la comida que le dan no tiene gusto a nada.

—Mire que si no come le van a poner la sondita al abuelito, eh —dice la enfermera de la mañana.

—Yo no soy su abuelito —dice mi papá—. Y si le gusta tanto la sondita, por qué no se la mete en el culito.

Así me gusta, papá. Todavía estás bien vivo.

Compro un ramo de claveles rojos y voy a la Chacarita, al Panteón de los Maestros, donde están mis abuelos. El lugar es enorme, antiguo: dos pisos y muchísimos estantes con cajitas alineadas. Es como una gran biblioteca el panteón, pero en vez de libros hay maestros en cajitas. Si pudiera averiguar dónde están mis abuelos... Pero hace tantos años que murieron, más de cincuenta. Papá me trajo una vez, para ponerles claveles rojos. Pero yo tenía apenas tres años...

—¿Los restos de la familia Cabal? —le pregunto al cuidador.

—Cabal, Cabal... ¿Cuándo murieron?

—En 1934 mi abuela y en 1938 mi abuelo.

—¡Ah, no! —se sonríe el cuidador—. Los de hace tanto tiempo están arriba de todo, bien atrás. Es imposible ubicarlos.

—¿Y si buscamos en los archivos?

—No vale la pena, señora. Se lo digo yo,

que trabajo acá hace años. Además ese apellido no me suena.

—¿Me deja buscar a mí, señor?

—Pero hay miles y miles… Es imposible…

—Por favor… Présteme nada más la escalera… Mi papá se está muriendo y necesito encontrar a los padres de él, para avisarles, ¿se da cuenta?

Y aquí me detengo porque veo que el cuidador abre grandes los ojos.

Sí, claro, seguro cree que estoy loca.

El cuidador mueve la cabeza y se va.

Entonces yo, con la memoria de los tres años, bajo al subsuelo, elijo una escalera, la llevo hacia un rincón de la derecha, subo, y encuentro la cajita en la que todavía puede leerse *Laudelina Pedreira de Cabal, muerta en 1934*. No necesito leer la placa de la cajita de atrás: ya sé que dice *Arturo Crispín Cabal, muerto en 1938*.

—Abuelos —les digo—, mi papá, el hijo de ustedes, se está muriendo. ¿Dónde lo pongo?

Y de repente todo se me aclara. ¿Dónde lo voy a poner? ¡Acá! Escondido en su copón dorado, entre el padre y la madre…

Aunque las manos me tiemblan, voy a buscar agua para el florerito y acomodo los claveles rojos.

El cuidador está bajando. Y con un poco de lástima me dice:

—¿Vio lo que le avisé?

—Ya los encontré, muchas gracias —le contesto yo. Y me doy cuenta de que el cuidador se apoya en la pared, como si se hubiera mareado.

—¿Le pasa algo, señor?

Como todos los días mi papá me está esperando.

—Papá, esta mañana no vine porque...

—¿Cómo que no viniste? Sí que viniste...

—No, papá, te confundís.

—Viniste, te digo, con esa señora y ese señor. Ésos que me decían: «No tengas miedo, Arturito». ¿Quiénes eran esos dos, nena? Ya nadie me dice Arturito.

El compañero de habitación me hace señas y dice que hoy papá está raro, que a la noche le pusieron la sonda a la fuerza, y que él se largó a llorar y quiso tirarse de la cama. Y que entonces lo ataron.

Mi papá me mira con sus ojitos tan celestes. Y esa barba de monje que se dejó hace un tiempo.

—No dejes que me hagan esto, nena.

—No voy a dejar. Te traje este libro que te va a gustar. ¿Tenés miedo?

—Leémelo vos el libro. ¿Yo fui bueno, nena?

—Sí, papá.

—Fui el mejor profesor de literatura. Todos me lo decían. ¿Te acordás?

—Sí, papá. ¿Tenés miedo?

—Y el mejor bailarín de tango también fui. ¿Quién ganó la medalla a la elegancia en el tango?

—Vos, papá.

—¿Y a quién le dieron el tornillo de Quinquela, eh?

—A vos, ¿a quién se lo iban a dar?

—A tu mamá la quise mucho, ¿sabés? Fue la mujer que más quise en mi vida. Todas las navidades se lo repetía, cuando vos nos juntabas en tu casa. Pero ella, nada... Era tan linda tu mamá: igualita a María Félix.

—Cierto.

—Yo cambié mucho, decíle vos a ella: abandoné las mujeres, las juergas, el póker, los cabarets. Ahora como nada más que cosas sanas, no fumo, no trasnocho, no bebo alcohol…

Mi papá se queda pensando.

—Qué vida de mierda, ¿no, nena?

—Mmmm… Te quedan los libros.

—Los libros, sí. Leéme ese libro que me trajiste. Y no dejes que me hagan doler. Yo cierro los ojos un ratito.

Esta vez es cierto.

Papá se muere y yo no puedo hacer nada.

Aunque sí, algo todavía puedo hacer.

—¡Papá, no te imaginás una cosa!

Papá me mira desde el fondo de los ojitos celestes.

—¡Salió el 11, a la cabeza y a los premios!

Y ya que estoy agrego:

—¡Nacional y provincia!

Papá se incorpora y a mí me parece que, como cuando yo tenía cuatro y él treinta, va a volver a resucitar de entre los muertos.

Y el enfermo de la cama de al lado se sienta en la cama y voltea el suero.

—¡Por fin se me dio! ¡Una vez en la vida! —grita mi papá.

Pero después me mira, serio.

—¿No me decís mentiras, no?

A mí me corre un frío. Nunca le dije mentiras a mi papá, ni cuando tenía cuatro años.

—Pero papá...

—Jurame. Con los dedos cruzados no vale. ¿A ver las manos? Así está bien...

—¡Te juro! ¡Salió el 11!

Papá suspira, aliviado.

—Ahora pueden cambiar ese auto viejo y comprarse uno lindo, color cobre, siempre me gustaron los autos color cobre. Y yo podría hacer un viaje, ¿no? En barco, como aquella vez que fui al Paraguay con tu mamá. Qué bien la pasamos. Justo estaba en guerra el Paraguay, me acuerdo...

Entonces yo tomo fuerzas para animarme y poder decirle:

—Papá, ¿y si ahora, para festejar el 11, te fumás un cigarrillo...?

Mi papá se sobresalta. Después, me mira un rato largo, sin contestar. Y al rato me dice:

—¿Un Fontanares? Bueno. Andá a comprar un atado, y no tardes mucho.

Me quedo un buen rato afuera porque no puedo parar de llorar. Y le pido un cigarrillo a la enfermera rubia de la noche.

—Acá no se puede fumar.

—Es para mi papá, que se está muriendo.

—¿Para el profesor? Usted está loca. El médico la va a matar.

—Por favor. Un Fontanares, sea buena…

—¿Qué cosa?

—Un cigarrillo, digo, por favor…

La enfermera me da el cigarrillo.

—Yo de esto no sé nada. Yo a usted nunca la vi.

—Acá está el cigarrillo, papá. No es Fontanares, porque parece que ésos no se fabrican más. Pero me dijo el del kiosco que éstos son iguales.

Mi papá agarra el cigarrillo entre los dedos de la mano derecha, que ya no están amarillos sino blancos y transparentes, se lo pone en la boca y aspira con tal fruición que el humo no sale de vuelta.

—Qué felicidad, nena. ¿Sabés que todavía, cada tanto, me soñaba que fumaba un Fontanares?

Papá fuma y vuelve a tener la cara de los treinta.

—Siempre hice lo que quise yo. Y a mi manera fui feliz..., ¿no?

—Seguro.

—Y ahora estoy aquí: tranquilo, rico y fumándome un Fontanares. ¿Qué más le puedo pedir a la vida?

—Nada.

—Es una gran cosa la vida, nena. Nunca te lo olvides. Siempre, pero sobre todo cuando uno hizo todo lo que quiso, ¿entendés?

—Sí.

—Aunque yo no hice todo, todo lo que quise. Porque ¿sabés lo que a mí me hubiera gustado ser de verdad en la vida, nena?

—Qué.

—Acercáte, que te lo digo en la oreja.

El cigarrillo está casi consumido. Papá se está yendo y va a decir sus últimas palabras.

—Director de murga...

## 6

# Té de señoras

Al principio pensé en festejarlo con baile de disfraz, como cuando cumplí cincuenta, que todavía estaba mamá, pobrecita, porque qué bien la pasamos esa vez, yo con mi traje de reina oriental, pesado de lentejuelas azules, cola larga y corona cubierta de piedras brillantes que me taladraban la cabeza, pero si una quiere celeste, porque yo siempre quise ser reina, y una vez lo fui, del rock, allá por 1958, y lo que nunca le voy a perdonar al muy canalla de Daniel es que se vistió de bañista antiguo, nada que ver con una reina oriental, y seguro que me lo hizo a propósito, de puro jodido, y entonces yo buen escarmiento le di, y las fotos me las saqué con el marido de Ema, que es mucho más joven y estaba de Conspirador, y un Conspirador con una reina va de perlas como bien sabía Alejandro Dumas, y pobre Ema, que andaba de sonámbula y no podía dejar que se le apagara la vela, y de todo tuvimos esa fiesta, bardos celtas, manolas, zorros de capa y espada, conejos, y hasta uno que vino de cura y salió de explorador, y nunca nos quedó claro qué cosa era de verdad, y quizá ni él lo sabía, como Chuang-tsé cuando se soñó que era mariposa y quedó tan confundido el pobre hombre, eso que era sabio, pero estuvo linda la fiesta, no se podía creer lo que nos divertimos, lástima el Negro, que dale con que la terraza no iba a aguantar tanto peso y mejor me quedo abajo, decía él, porque se van a ir todos a la mierda menos yo, pobre Negro, que al final fue el primero en morirse, quién iba a decir, a los poquitos días y durmiendo en su cama, sin darse cuenta, aunque por suerte alcanzó a decir sus últimas palabras, «no es posible que una mujer tenga el culo tan frío» dijo, y se murió, que tampoco es cuestión, morirse así, con lo lindo que era el Negro, que una se ponía orgullosa de caminar al lado suyo, porque todas te lo envidiaban, y qué suerte tuvo Lila, ¿no?, que seguro él la eligió a ella por ese aire extraviado de mujercita de Mijalkov que tenía, pero después de todo, cuántos amigos se me murieron, la puta madre, antes no se moría tanta gente, por eso yo para mi cumpleaños voy a usar el mantel de hilo de Irlanda y la vajilla de porcelana inglesa que vino en las bodegas de aquel barco que casi naufragó en las costas de Rocha y sin embargo ni una rajadurita la vajilla, será posible que una triste taza dure más que una persona, digo yo, qué injusticia, pero así son las cosas, y el muerto al hoyo y el vivo al bollo, y hay que celebrar mientras se pueda, y si se rompe algo me iré a llorar al baño, como cuando Ricardo, que estaba de gaucho, se enredó con las boleadoras y rodó por la escalera, y él no me acuerdo ni me importa si se rompió algo pero a mí me rompió dos copas violetas, talladas, de cristal veneciano, que nunca se lo perdoné y después de eso nuestra relación se resintió bastante, pero yo en el momento me porté como señora educada que soy, que no importaban las copas dije, lo importante es la amistad, pero es que los hombres son tan torpes, Dios mío, por eso esta vez pienso hacer un té de señoras, y no de disfraz, de civil nomás, pero con todas las de la ley.

Porque con las mujeres es otra cosa, qué sé yo, y una se anima a contarles a las amigas los secretos más terribles, lo que no le contaría ni al médico ni al confesor, ni qué decir al marido, y al ratito nomás de conocer a una mujer ya anda sabiendo todo de vos y vos todo de ella, y nunca te reís tanto como con otra mujer, hasta dolerte la panza te podés reír, igualito que cuando eras adolescente, y de las cosas más siniestras, sin culpa ni nada, sin vergüenza, aunque me quiero morir cada vez que me acuerdo cuando a Pepa y a mí se nos quedó grabada en mi contestador esa horrible conversación maravillosa en la que hablábamos pestes de todos y nos reíamos hasta llorar, y justo en el almuerzo familiar de los domingos, con la familia unita, alguien tocó un botoncito del contestador y ahí bla, bla, bla, aparecimos Pepa y yo contándonos intimidades y exageraciones y hasta alguna que otra mentira, que cuánto peor suenan las mentiras cuando te las oís grabadas con tu propia voz, mentiras blancas digo, porque las mujeres nunca nos mentimos de verdad, hablo de deslealtades y traiciones, y cosas graves de ésas en las que los hombres son expertos.

Entonces el mantel blanco, sí, el del ajuar de la abuela, con sus iniciales bordadas y sus angelitos sosteniendo la guirnalda, y en el centro de la mesa la jarra de plata con camelias, que nadie las consigue pero yo sí, en Plaza San Martín, y no me importa si el mantel ya está tan mirame y no me toques, que las cosas hay que usarlas todas, y cuando digo todas son todas, ¿me explico?, y no esperar que después venga la Parca y alguien te las venda en el Banco Municipal, como le pasó a Clarita, que apenas entró en coma cuando las sobrinas ya estaban arrancándose los ojos y los alhajeros, y eso que nosotras les decíamos a las sobrinas cuidado que oye, cuidado que oye, pobre Clarita, que también algo de culpa tuvo ella, porque tanta libertad, que ni marido ni pareja fija y menos que menos hijos, cierto que a los cuarenta y cinco se le ocurrió quedar embarazada, pero Clarita, le dijimos, también vos, nunca un chequeo general, nunca una colesistografía, nada, y ahí está, ahora se nos murió y se va a perder mi cumpleaños, con lo que ella se divertía en mis cumpleaños, como cuando se vino de Mujer de Vida Alegre, con esa peluca fucsia, y en el ascensor de su casa tres muchachos se la confundieron con una de verdad, y al final se retrasó un poco, bastante, Clarita, porque no quiso desatender a ninguno, y llegó tarde a mi cumpleaños, con los ojos tan brillantes, y a veces no puedo creer que se murió, claro que morir nos vamos a morir todos y una cosa es morirse de un mal golpe en el Rockefeller Center, patinando, como Clarita, y que te traigan de urgencia en un avión, y otra, muy distinta, electrocutada con la tostadora eléctrica, como Emilia, y la verdad siempre la pasó bomba Clarita, yendo y viniendo por el mundo, de Venecia a Ischia, de Taormina a Portofino, y con unos tipos jóvenes que no sé cómo se los conseguía la guacha, ni uno faltó al velatorio, ahí vienen los viudos, decía la gente, eso que Clarita ni aparatos ni cirugía ni colágeno, pura meditación y agua mineral sin gas, no sé si creerle pero bueno, a las amigas hay que aceptarlas como son, y ella era así, incapaz de pensar en un futuro, en envejecer con un esposo al lado, qué sé yo, la felicidad de las pequeñas cosas, ¿no?, pero es que a Clarita las cosas no le gustaban pequeñas, grandes, bien grandes le gustaban, y siempre andaba con el *carpe diem* en la boca, que debía de ser lo único que le quedó de la facultad, y no es que le hayan faltado consejos, sentá cabeza, mujer, le decíamos las amigas, conseguite un buen hombre y tené aunque sea un hijo, o mejor una hija, porque los hijos son una seguridad ¿no?, digo, pregunto, ¿SON UNA SEGURIDAD LOS HIJOS?, no, me va pareciendo que no, basta mirarla a Irene, cuatro hijos y ni un perro que le alcance un té, o el vaporizador cuando le ataca el asma, es que los hijos de ahora no son como éramos nosotras, y con lo que una se sacrificó en la vida para que ellos fueran felices, libres como el viento, con todo servido, mal rayo lo parta al doctor Spock, aunque me parece que ya lo partió, y es cierto que él hizo su mea culpa, pero después de cagarle la vida a dos o tres generaciones, y al final, la pura verdad es que cuando los hijos son chicos resultan un incordio, y cuando son grandes ni bola te dan, nada más que para pedirte cosas o para dejarte los nietos, aunque conmigo van muertos, que yo para llevarlos de paseo a los nietos todo lo que quieran pero para criar chicos, ya crié los míos, Dios libre y guarde, pero entonces después ellos se vengan y están como tres días sin traerte los bebés y a una le empieza a dar un dolor en la boca del estómago, como ahora a mí, aquí, aquí justito, y después te sube un fuego hasta la boca, ¿no?, una llamarada, pensando si no te los van a traer nunca más en la vida a los nenes, o qué mierda les pasa, y si son las hijas, sangre de tu sangre, vaya y pase, pero con las nueras hay que andarse siempre con la sonrisa de dientes afuera y pies de plomo, que ellas llevan las de ganar, eso que yo, si estoy en la casa de mis hijos y veo asomar un elefante azul por la rejilla no pregunto de dónde vino sino que vaya saliendo, digo, para que nadie piense que soy una entrometida, y aunque nunca me animaría a decir me arrepiento de cuatro, como sí le oí decir a Irene mirando las fotos de sus cuatro hijos, en fin.

Escones, eso no puede faltar, con la antigua receta irlandesa de las damas de Santa Brígida, de los escones que se encargue Elisa, y biscotti, a quién le puedo decir, a Pepa, claro, y no tengo que olvidarme de sentarla lejos de Amelia, que siempre insiste en contarle a todo el mundo y con lujo de detalles la vez que la vaciaron, pobre Amelia, que ahora sí tiene motivos para lamentarse con el asunto del nido vacío, con lo que disfruta Amelia lamentándose, pero si le cuenta lo del vaciamiento a Pepa, que ya se lo contó varias veces pero insiste, Pepa se va a desmayar, como el día en que yo, en el bar de la facultad, le conté cuando se me infectaron los puntos de la episiotomía y me curaron a puro cepillo de uñas y jabón amarillo de la ropa, inolvidable, y yo le contaba a Pepa, y de repente, plop, no la vi más, porque Pepa estaba en el suelo, estirada cuan larga era, y todos vinieron a atenderla a ella, que al final se quedó sin saber el final de la historia, que era la mejor parte, aunque no faltará oportunidad, y entonces más vale la siento al lado mío, de un lado de la cabecera, y termino de contarle lo de los puntos, y después podemos hablar de las ventajas del nido vacío, aleluya, cuando los hijos se van, aleluya,

aleluya, y sí, que Pepa se encargue de los biscotti, y yo de las tostadas caseras, de las compradas no, y tampoco hechas con tostadora eléctrica, sino con la otra única y verdadera tostadora antigua de mi mamá, como corresponde a un té de señoras a lo Katherine Mansfield, y también compraré masitas árabes, y podría decir que las hice con mis propias manos, aunque nadie me va a creer, y lo que sí voy a hacer con mis manos es la torta Cabal, y tendré que pedirle la receta a Mirta, porque desde que murió mamá es la única que sabe la receta, pero no quiero ponerme triste…

Más sillas, tendré que traer sillas de la terraza, porque las de acá no van a alcanzar, aunque también podríamos tomar el té en la terraza, pero no, porque más de una va a tener dificultades para subir, por el tema de la columna, o peor para bajar, por el asunto del vértigo, y entonces qué hacemos, sin contar con que también nos pueden tirar un huevo podrido, o dos, desde las torres vecinas, ya nos pasó, y la gente es muy jodida cuando ve mujeres libres e independientes que disfrutan de la vida, ah, no, que eso no te lo perdonan, mejor nos quedamos acá abajo, que además tenemos el baño cerca, por cualquier eventualidad, y está el piano, claro, así Pepa y yo podemos cantar «Francisco Alegre», o «Flor de té», y Helena puede tocar el piano, y Nora las castañuelas, y Mazucena la pandereta, y Elisa bailar alguna danza celta, y si todas me insisten mucho, mucho, yo puedo contar algún cuento de mujeres de ésos que me salen tan lindos y que a todas les gustan, aunque lo que más les gusta a todas y también a mí es hablar mal de los maridos, novios y amantes, vivos y difuntos, y de las suegras y cuñadas, consuegras y demás parientes políticos, y también de los hijos, claro que de los hijos solamente puede hablar mal la interesada, y el resto de las amigas insistirá en decir no, no, no digas eso, vos no sabés lo que tenés en casa, o por lo menos guardará respetuoso silencio.

Los dulces caseros, eso, tendré que encargarlos a la huerta orgánica de Escobar, y si no se los compro a los chinos del mercadito de Matheu y los pongo en unas lindas dulceras y digo que son de la huerta orgánica, que después de todo los de Escobar también son chinos, no, japoneses, no, coreanos, pero bueno, y de las cosas saladas, sanguchitos de pan negro y queso para untar, que se encargue Amanda, y también que se encargue de darnos consejos, que una amiga que da consejos más que amiga es una madre, y a Amanda la voy a sentar cerca de las más jóvenes, como Julia y Silvia y Elisa y Nora, que todavía no llegaron a la osteoporosis y recién andan por la osteopenia, porque así Amanda las va avivando de las cosas de la vida y la pareja y las medicinas alternativas, etcétera, que a mí me avivó ella, y a Pepa también, en la Editorial, y será por eso que nunca tenemos problemas nosotras dos.

Té, café, y algún licorcito para el final, el té de hebras, no olvidar, importado, con canela y jengibre, y dónde habré puesto la cubretetera, porque un té de señoras sin cubretetera es un verdadero papelón, y leche fría y caliente, en esas lecheritas maravillosas que traje de Portugal, haría el té nada más que para que mis amigas vieran mis lecheritas y dijeran oh, dónde conseguiste esa preciosidad, y agua fría en la jarra de cristal azul, espero que nadie tenga el desatino de pedir gaseosa.

Y el lugar de Clarita se lo vamos a dejar, el sillón especial, como si estuviera, que seguro está, un sillón que es como un trono, porque lo que ella quería ser de verdad en la vida era reina, como yo, como Elisa, como Pepa, como todas, que todas las mujeres queremos ser reinas de algo, del hogar no, reinas y diosas y magas, y también queremos ser primas entre nosotras, sí, que es como decir hermanas, porque para una mujer no hay nada mejor que otra mujer, y esa frase me suena pero no sé quién la dijo, y únicamente las mujeres serán la salvación de las mujeres, y eso sí sé quién lo dijo, Evita, y entonces: qué gran idea celebrar mis cincuenta y cinco con un té de señoras.

# 7

# Vejez y vida sana

Hoy, 11 de noviembre de 1999, a las 17.30 horas, cumpliré sesenta años.

¿Cómo puede ser? ¿Dónde estaba yo mientras pasaba la vida? Sesenta años…

Hasta ayer pensaba que lo que me quedaba por vivir era un trecho semejante al vivido hasta ahora. ¿Será así? ¿Viviré por lo menos ciento veinte años? Provengo de una familia de longevos. De no ser por los duelos, los suicidios y los asesinatos, todos hubieran sobrepasado los cien. Pero a ciento veinte nadie llegó. Todavía… ¿Entonces?

Por ahora voy a celebrar mi cumpleaños. Mañana me preocuparé, como dice Scarlett frente a la tierra arrasada en *Lo que el viento se llevó*.

He tomado dos decisiones fundamentales:

1. A partir de mi cumpleaños número sesenta todo lo que haga y lo que me suceda tendrá que ser único, maravilloso.
2. Procuraré, por los medios a mi alcance, prolongar mi vida hasta límites insospechados.

Esta mañana me desperté muy animada. Porque estuve leyendo lo que dice Minsky, el genio de la inteligencia artificial. Y lo que él dice es lo mismo que yo me suponía: en un futuro no muy lejano podríamos llegar a vivir hasta quinientos años, como Adán, como Matusalén, como Gui Gu Zi, ermitaño del reino Chu. Y hasta sería factible erradicar la muerte…

Sin embargo, Minsky asegura que esto nunca va a concretarse, porque la gente lo que quiere de verdad es morirse. Y toda muerte es un suicidio encubierto (y esto no lo dice Minsky. Freud lo dice).

Mentiras. Yo no quiero morirme. Y hay alguna otra gente que tampoco quiere: Walt Disney, por ejemplo, que sigue ahí, a la espera de la resurrección de los muertos vivos.

Lo que a mí me gustaría es vivir mucho, muchísmo y dedicarme todo el tiempo a la pura diversión. (En ese futuro del que habla Minsky, los trabajos pesados o desagradables estarán a cargo de robots pequeños y diligentes, tipo Arturito, el de *La guerra de las galaxias.*)

Aunque, pensándolo bien, un poco de razón tiene Minsky. Porque la única manera de no morir es envejecer. Y hay personas que tienen tanto miedo a envejecer... Pero eso es porque no leyeron a Emerson. Y porque desconocen las ventajas de la vejez. Que las hay. Y muchas.

Por ejemplo: haber sorteado los infinitos peligros que a uno lo acechan desde el mismo día de su nacimiento, empezando por el nacimiento propiamente dicho. Sobrevivir a su nacimiento es un hecho asombroso.

A decir verdad, si uno se pone a meditar un poco sobre el tema, y más si es afecto a las cuestiones de la salud, ya sea porque lea revistas especializadas y libros de autoayuda, vea programas de televisión o —en caso de que no tenga mejor cosa que hacer de noche—, escuche los médicos de la radio (no confundir con los pastores, aunque éstos también pueden servir)—, se da cuenta de que está vivo de milagro. Con la cantidad de virus y bacterias que andan sueltos por ahí... Los baños, por ejemplo, están plagados de horribles criaturas invisibles al hombre, pero no por eso menos letales, que en la realidad tienen ojos salidos para afuera y unas mandíbulas con serrucho capaces de acabar con todo, como bien muestran las publicidades de limpiabaños. ¿Y los alimentos? Tomemos las carnes rojas: riesgos espantosos tiene comer carnes rojas (el colesterol), y también blancas (la triquinosis). Hasta la carne de gusanos puede resultar nociva dicen los chinos, pero sólo si se come por demás. Sin contar con el mal de la vaca loca que, quién puede dudarlo, ya está causando estragos aun entre los vegetarianos (en los chocolates suizos parece que vino, y en las galletitas dinamarquesas, en los caramelos y bombones, en los remedios...). Qué decir de la leche, que es un veneno. Y de los huevos, más peligrosos que el vidrio molido. Ni hablar del alcohol, los dulces, las harinas, el té, el café, el mate...

Lo mejor sería alimentarse exclusivamente con nueces y frutas de estación (peladas a un centímetro, por el asunto del DDT), y bebiendo agua de vertiente. (Ésa es la dieta de Salinger, cuya mente está un tanto desquiciada pero eso no hay que atribuirlo a la dieta, creo, sino a lo poco que escribe: a un escritor que no escribe las palabras se le pudren dentro, alguien lo dijo.)

También son buenísimas las setas (léase hongos), pero no de los comprados, que pueden traer alguno venenoso, sino recogidos por propia mano —uno por uno—. Atención: asegurarse bien de recoger hongos comestibles: son los que crecen al sol… o a la sombra (informarse con los habitantes de la zona, que son los que recogen los hongos que se compran). Si se tienen dudas, introducirlos (los hongos) en un plato lleno de leche —la descremada no sirve— y ver qué pasa. Los hongos venenosos flotan. O se hunden, no recuerdo. No, creo que se oscurecen. Bueno: les pasa algo raro.

Otra cosa muy importante: caminar. Pero no treinta o cuarenta cuadras, como dicen por ahí, sino cien o ciento cincuenta. Y si es por la montaña, subiendo y bajando, mejor. (Se aconseja subir y bajar por donde están las vertientes y las setas, así se ahorra tiempo.)

Claro que para poder llevar este tipo de vida hay que habitar en zona montañosa o por lo menos en el campo.

Si uno vive en la ciudad, sobre todo en una gran ciudad, como Buenos Aires, hará su caminata diaria provisto de un barbijo, o, en caso extremo, de una máscara protectora (antes de salir informarse en la tele del grado de polución), gafas oscuras y vestimenta cómoda y suelta que cubra todo el cuerpo (por el problema del agujero de ozono). Y, a falta de montañas, caminará por calles empinadas —ida y vuelta, ida y vuelta— o se valdrá de las escalinatas de algún edificio público que tenga escalinatas (portar documentos por si alguien piensa que su actitud es sospechosa).

Un hábito excelente es el baño de agua helada, especialmente en invierno y al alba. Los detractores de esta práctica saludable hablan de los peligros de la neumonía, la pleuresía y el infarto masivo. Es cierto que algunos casos se producen. Pero no son *tantos*. Y las ventajas superan a los riesgos. Además: vivir es un riesgo.

Lo que alarga mucho la existencia es beber leche humana y también infusiones de mongo y anjolí. Sin olvidar la propia orina: un buen tazón de orina todas las mañanas, antes de la infusión de mongo.

Algo muy importante: evitar los desenfrenos sexuales. Lo ideal sería lisa y llanamente evitar el sexo, sobre todo si uno se dedica a la escritura. Heminway lo decía: «entre mis sábanas se han perdido varias novelas». Y no es cuestión.

Yo, la verdad, debo reconocer que siempre he vivido en el error, la gula y el pecado: comiendo tocino, chorizos, mollejas, guisos gordos, natillas, frituras, dulces, salsas, hidratos de carbono (en lo único que me controlé es en el tema de los gusanos; es más logré vencer la tentación de probarlos); bebiendo alcohol, café, mate; cometiendo toda clase de desenfrenos sexuales; sin pensar en virus ni bacterias, sin visitar al médico, sin hacerme chequeos generales, ni limpiezas de colon ni investigaciones endoscópicas; sin beber leche humana ni infusión de mongo ni orina ni nada; respirando mal, masticando peor... ¡Y yo que creí que todo estaba bien porque me sentía contenta, iba y venía por todas partes y nunca tenía ningún dolor! Parece que eso —lo leí en un libro que me regalaron en mi cumpleaños— es una ilusión de mi mente enferma. Si tengo sesenta años me *tiene* que doler algo. Y si algún día me levanto y no siento ningún malestar, ninguna pequeña molestia..., es que ya estoy muerta, así de simple.

Pero llegó la hora de sentar cabeza.

Con la vida alocada que llevo se supone que no resistiré mucho: tendré hipertensión o hipotensión (o ambas), espondilosis cervical (de la hipertrofia de próstata y la eyaculación precoz me libré, a Dios gracias), bursitis, demencia senil, bocio, pie de atleta, diabetes, encías sangrantes, gastritis, ateroesclerosis, parásitos intestinales, disentería, carbuncos, disfagia, dispepsia, úlceras varias, asma, gota, fístula de ano... Es más: seguramente ya tengo ésas y otras cosas peores, y como ojos que no ven corazón que no siente, yo, lo más tranquila.

Pero si quiero vivir como Gui Gu Zi, el ermitaño de Chu, o por lo menos como mi bisabuela Angelita, es impresindible que cambie de hábitos de vida.

Empezaré mañana, que es lunes.

Y seguiré, al pie de la letra, el siguiente plan, adaptado a mis posibilidades reales y a las condiciones del lugar donde vivo: Buenos Aires al sur, barrio de San Cristóbal.

4.30: levantarse y juntar la primera orina del día.

4.45: ducha helada. Evacuar aun sin ganas y examinar con un palito chino la materia fecal.

5 a 6: práctica de artes marciales (comprar videos).

6 a 7: caminata al aire libre ejercitando la respiración abdominal (tendrá que ser en el parquecito de la penitenciaría. Hasta que pueda defenderme con las artes marciales, llevar un rifle de aire comprimido, un gas paralizante o un cuchillo tramontina).

7 horas: tomar medio tazón de orina y una areca* (averiguar que es una areca: suena a que es un pez).

8 a 10: tareas domésticas realizadas en silencio y meditando acerca de la fragilidad de las cosas mundanas.

10 a 10.30: comer once dientes de ajo masticando lentamente. Enjuagarse la boca con orina.

10.30 a 11.30: en posición fetal, siesta al aire libre (en el susodicho parquecito. Llevar identificación legal).

11.30 a 12.30: meditar acerca del apetito sexual y, de ser necesario, de cómo reprimirlo. Al finalizar, chasquear varias veces la lengua y hacer girar los ojos con rapidez en el sentido *contrario* a las agujas del reloj.

12.30 a 13: comer medio tazón de arroz libre de aderezo alguno. Masticar muy lentamente, manteniendo largo tiempo el bolo

* No, es el fruto de la palma catecú. Se emplea en tintorería (¿?).

en la boca, mientras se repite: *Es-toy-co-mien-doa-rroz-es-toy-co-mien-doa-rroz...*

13 a 13.15: entrechocar los dientes. Beber zumo de dos limones. Entrechocar los dientes y sonreír.

13.15 a 14.30: masaje del dedo gordo del pie.

14.30 a 16.30: beber té de mongo en compañía de otras ancianas. Platicar acerca de los tiempos de antes. Jugar algún juego de ingenio, tipo La oca.

16.30 a 17: comer muy lentamente siete granos de azufaifa concentrándose en la evacuación del día siguiente. Al finalizar: entrechocar los dientes.

17 a 18: recitar poemas del *Tesoro de la Juventud*, acompañándose de algún instrumento no convencional.

18 a 19: cena: ñame al vapor y medio tazón de caldo de rábano blanco con anjiolí.

19 a 20: caminata al aire libre, ejercitando la sonrisa y masajeando el vientre en el sentido de las agujas del reloj.

20 a 20.30: ejercicios de lengua, arriba, abajo, arriba, abajo. Entrechocar los dientes.

20.30: enjuagarse la boca con orina y recogerse a dormir en posición fetal y sobre tabla dura.

Siguiendo estrictamente estas reglas, se me asegura una larga y provechosa vida. A primera vista parece un tanto exagerada, sobre todo teniendo en cuenta el descontrol absoluto en el que viví hasta ahora.

Y si alguna vez tengo que terminar mis días, a los, pongamos, 250 o 300 años, que sea como Guido Spano: en una cama de sábanas impecables, almidonadas, donde luzcan bordadas la G, la B y la C, semisentada entre grandes almohadas de puntillas, leyendo y recibiendo homenajes públicos de los niños de las escuelas. La ventaja de Guido Spano era esa bella barba blanca y larga, que le hacía juego con la cabellera y que le cubría la papada, los pómulos caídos, las arrugas alrededor de la boca, el deterioro o la ausencia de piezas dentales... Pero así es de injusta la naturaleza con las mujeres, al no haberlas provisto de barbas con que disimular los estragos del tiempo.

Otra posibilidad es terminar mis días entre los indios navajos, donde los ancianos, y en especial las ancianas, son muy tenidos en cuenta. Lo que no sé es, si para que te tengan en cuenta, hay que ser navaja.

Entre los chinos también podría ser, cultivando flores y correteando entre bosquecitos de bambú. Atención: no confundir chinos con japoneses. Los japoneses mandan a sus ancianos a otros países, para que no los molesten. Con los japoneses no quiero.

Ni tampoco con los esquimales, que cuando la persona se está poniendo vieja y pierde sus dientes, es decir que ya no sirve para nada, la dejan para que se la coma el oso. Y eso de que los ancianos van lo más contentos a que los coma el oso porque así se cierra el ciclo de la naturaleza es un cuento esquimal. Nadie en su sano juicio puede ir contento a que lo coma el oso.

# 8

# El ciprés funerario*
# (Instrucciones para mi muerte)

Lo más importante es el ciprés funerario.

Cierto que parece un poco desmesurado, pero ése no es mi problema: ya verán cómo se las arreglan.

Como tarda tanto en crecer, lo más conveniente sería conseguirse —ya mismo— algún ejemplar un poco desarrollado (mejor varios, a ver si en el trasplante alguno se muere, y estos árboles están en extinción) para que sea ubicado en el lugar exacto. Acaso habrá que pedir

* *Cupresus funebris*: especie del hemisferio boreal, ampliamente distribuida en la China. Se trata de una conífera de gran porte, muy ramificada y con hojas dispuestas en verticilos trímeros. Las hojas se disponen en espigas laxas de coloración verde grisácea. Lugar preferido por los duendes y las hadas.

con tiempo una autorización al gobierno de la ciudad de Buenos Aires para dar inicio a las excavaciones, porque en el cementerio de Chacarita hay mucha burocracia. De lo contrario, ir directamente a Recoleta, que como está llena de muertos aristocráticos tiene funcionarios más permisivos. Además, ninguno de los que están allí enterrados se va a negar a que planten un ciprés funerario. Con lo que les gustan los árboles a la gente fina...

En donde seguro sería posible plantarlo es en La Sirenita, porque el jardín es mío. Y si a mí se me ocurre enterrarme en mi propio jardín, debajo o al lado de un ciprés funerario, ¿quién se va a animar a impedírmelo, eh?, sobre todo teniendo en cuenta que soy Ciudadana Ilustre del Partido de la Costa, con decreto y fotos en la prensa local.

Quizá para plantarlo en La Sirenita convendría expropiar el lote de al lado, o varios lotes: las raíces de esos árboles se extienden una barbaridad, arrasando todo a su paso.

Alguna autoridad de la zona va a proponer que me sepulten en el cementerio de allá, pero sepan que no me gusta: queda muy a trasmano y está cerca del autódromo, que es tan ruidoso.

Adentro de La Sirenita es otra cosa: la gente puede llevarse una vianda y quedarse a dormir —algunos en la casa, otros en carpas (hay que ir pensando en cestos de residuos y baños químicos), y la mayoría en hoteles (sugiero, si me permiten, «La hostería del Mar», que no será lujosa pero tiene su encanto. Aunque dudo de que para esa época continúe en pie).

Y ya que están allí, también podrían matarse dos pájaros de un tiro y colocar mi nombre a una calle, Tucumán por ejemplo (la principal no: están los videojuegos), o a una escuela: la de Pavón. O a una calle y a una escuela, más seguro. Ah, y si van a hacerme un busto o una estatua de cuerpo entero —preferiría de cuerpo entero—, que sea en la plaza «Los pioneros». Y no de color amarillo ocre, se lo ruego *encarecidamente*, sino blanca o rosa, de mármol, y con dos o tres ángeles, uno lloroso, otro con trompeta, y así.

Pero yo prefiero en la Chacarita, para sentirme más acompañada: bóveda, lotes 12 y 13 nº 10, manzana 16, sección 9, con mi mamá, mi abuelo y mis bisabuelos Barbera; Panteón de los Maestros, con mi papá y mis abuelos Cabal. O en la Recoleta, con Gran Mamá —sepultura cuarta y quinta del tablón nº 149 de la sección de la letra 16, cerca de Mitre— o con Barbapedro: vecina a la del Padre Fahy.

Sea donde sea, lo importante es el ciprés funerario, la estatua y una placa recordatoria, grande, bien decorada, de algún metal noble o de mármol, y con una leyenda apropiada. Por si a nadie se le ocurre nada —no me extrañaría— yo tiraré algunas ideas: siempre me gustó coleccionar epitafios. Por ejemplo: *Aquí yace Graciela Beatriz* (no olvidar Beatriz) *Cabal, escritora. Todas las cosas tuvo, y todas la abandonaron.* Éste puede servir, es de Borges, aunque suena un tanto deprimente (además a mí *todas* las cosas no me abandonaron). Esta otra hace alusión a mis virtudes, eso es bueno y conviene que lo recuerden las generaciones futuras: *Yo no disputo a nadie la existencia/ ni en la bajeza y la ruindad me enlodo;/ yo comparto mi pan con la indigencia/ y al que todo me pide, le doy todo*, y es de Adolfo Mitre. Pero es horrible, no, no... Mejor esta otra, de Alfred de Musset: *Mis queridos* *amigos/*as:*/ cuando yo me muera/ planten un sauce* (aquí reemplazar por «ciprés funerario»*) en el cementerio/. Yo amo su follaje* eploré (dejar en francés, suena más elegante*). Su sombra será ligera/ para la tierra donde dormiré.* Claro que éste es para alguien que yace en tierra, no en bóveda... Y yo en tierra mucho no quiero (en realidad no quiero ni en tierra ni en bóveda ni en nicho ni en ningún lugar, pero bueno...) Salvo que me lleven a La Sirenita. O, mejor, a algún cementerio de Irlanda, cerca del castillo de Malhady, que era de la familia y ahora parece que está encantado, con esas cruces celtas, un poco ladeaditas, y esas lápidas medio ocultas por los tréboles y las flores... Eso me gustaría bastante. También podría ser en Tara, cerca de la colina de las hadas. O dentro, por qué no... O en Fitoria, cementerio viejo de Oviedo, donde todos llevan mi apellido. O en el cementerio de Génova, que es como una ciudad espléndida, y donde también tengo parientes. En el de Venecia, emergiendo de las aguas —sobre todo con una cúpula bien alta y un ángel en la punta—, me encantaría... Pero Venecia se está hundiendo de a poco, y a mí no me gustaría terminar flotando a la deriva por esos canales, como en la película de Solanas. Además en Venecia me voy a sentir un poco sola (¿dónde estará enterrado Casanova, me pregunto? Tengo que averiguarlo). Pero debe de ser un incordio mandar un cajón con muerto a Europa. Si va en avión, seguro que me llevan de pie, como a Facundo Quiroga. Pero capaz me llevan en barco, sí, claro, en barco es mejor... Aunque uno en barco corre el riesgo de que alguien se equivoque, y te entierren (es una forma de decir) en el mar, como a Moreno, y que te coma alguna ballena, como a Jonás. La ceremonia es muy impactante, eso es verdad, con el capitán vestido de gala haciendo la venia, los marineros subidos al palo mayor, el cura dando el responso (en latín, por favor), yo ahí, envuelta en la bandera argentina (con sol la bandera, no olvidar), bajando lentamente al son de la banda (en esa circunstancia la *única* música que se presta es la 5ª Sinfonía de Mahler, por lo menos el *Adagieto*, para no alargar demasiado la cosa) y la gente llorando y arrojando flores al mar. Oh, qué emoción...

Se me ocurre que debe de ser carísimo que te entierren en Europa. Pero a mí qué me importa, si por una vez en la vida no voy a tener que pagar yo. Me imagino que de eso se ocupará el Gobierno de la Ciudad de Buenos Aires, ¿no? Para algo soy Premio Ricardo Rojas.

Un buen lugar, por lo práctico, sería Montevideo, en el Cementerio Central, donde ya tengo la bóveda de mi bisabuelo español (Rafael Cabal, segundo cuerpo, adelante, entrando a la derecha). Pero en buquebús no quiero ir. Con la gente comiendo sánguches de milanesa y matándose por entrar al *free shop* ¿adónde va a parar la dignidad de un muerto? A lo mejor para esa época ya está lista la autopista a Colonia. Sí, sí, porque entonces puede ir toda la comitiva de autos sin problema. En realidad, a mí más que autos me gustaría coches de caballos. Caballos negros (naturales, no teñidos), con sus penachos y sus arreos dorados bien lustrosos, tirando esas carrozas divinas, como las que llevaron a Constancio C. Vigil, que tenía más de diez: las vi con mis propios ojos. «Cuando me muera, dentro de 200 o 300 años, quiero así», me acuerdo que le dije a mi mamá, que me había llevado. Pero era otra época. ¿Puede ser que en estos tiempos que corren una no pueda cumplir su última voluntad y que te lleven en carroza hasta tu morada final? Si nosotros supimos tener un presidente que se paseó con carroza por la Rural, y todos lo aplaudían a lo loco. ¿Acaso una escritora (varias veces laureada) es menos que un presidente, que encima no fue elegido ni por la madre? Yo dejo las instrucciones para las carrozas. Y Dios dirá.

El tema es que si me entierran lejos, ¿quién va a ir a ponerme flores y a lustrar las placas? (las placas con fotos de Jaro, de mi primer libro, a los veinte años, no olvidar). ¿Y los homenajes públicos, eh, los días de mi nacimiento, de mi muerte, del día del escritor, de mi santo? (el 18 de agosto, Virgen de la Gracia, que nadie se haga el distraído). Hay que pensar en todo. Y no dejar nada librado al azar... Ni siquiera sé si a los colegios de la Capital los dejarán ir a La Sirenita, que sólo queda a trescientos cincuenta kilómetros. Las inspectoras van a empezar que es un riesgo, que si algún chico se nos pierde, que no hay dinero para los micros (en tren sería más económico y entrarían dos escuelas por viaje, pero eso sólo se le puede ocurrir a una mente creativa, y no es el caso). Si fuera una excursión de fin de año o alguna visita al museo de la Reconquista, nadie pondría problemas...

Pero bueno, a mí nunca me gustó molestar. Y quiero que me recuerden con una sonrisa (tampoco con una carcajada; si alguien llora, se lo voy a agradecer). Y que nadie diga: «¡Oh, no, hoy es el cumpleaños de la escritora —o de la tatarabuela—! ¿A quién le toca llevar las flores y lustrar la placa?».

Una cosa importante: las misas (en lo posible cantadas) en la iglesia de la Santa Cruz, en Santa Felicitas, en Santa Elisa (total, para esa época el cura antipático de ahora..., ni el polvo de sus huesos) y en Santo Domingo, donde ya hay familiares: (Nevares Tres Palacios, Alejo y José María, adelante, altar de la izquierda).

En cuanto al velatorio, que sea a la antigua usanza, por favor: en algún lugar con vitrales (sí, puede ser el Concejo Deliberante), cruces, ángeles, velas y flores, muchas flores: rosas, gardenias, violetas de los Alpes y jazmines del país, a lo Victoria Ocampo (gladiolos abstenerse). Si la gente caritativa quiere dar su dinero a los asilos, que lo haga, pero a mí que me traigan las flores, porque después no te mandan las flores y tampoco le dan el dinero a los asilos, si lo sabré; miren que lo voy a tener en cuenta, y aunque no soy vengativa, tampoco olvido desaires. Y que a la noche nadie se vaya a su casa a descansar y me dejen sola (con el miedo que me dan a mí los velatorios, sobre todo el mío), jamás lo perdonaría... (¿Sería mucho pedir que al final cubrieran el cajón con la bandera, como si estuviera en el barco? Por si acaso lo dejó anotado.) En cuanto a la música, Bach, por supuesto, algún lieder de Schubert, el *Adagio* de Albinoni, y también, porqué no, un poco de barroco latinoamericano, algo de gospel y alguna que otra sevillana rociera (hay que mandarlas pedir a Sevilla*) cuando se sirva el café y los licores (pacharán y orujo. ¿Y mojito? Sí, agreguemos mojito: seguro que van

* Ya la conseguí: *Misa de la Blanca Paloma. Salve Rociera del Olé y Olé.*

a ir muchos cubanos). Pero en los momentos culminantes —entrada y salida del féretro, misa de cuerpo presente, caminata por el lugar, etc.— desearía *—mucho desearía—* el *Requiem* de Mozart y la Marcha fúnebre de Chopin, con músicos en vivo. También quiero algunos gaiteros irlandeses y asturianos (consultar con los descendientes de las familias Boland y Villoldo), con sus trajes típicos, para intercalar temas *ad hoc* (danzas no corresponde). Si el recorrido no es suficientemente extenso —el *Requiem* es largo y lo quiero entero—, dar varias vueltas por la Necrópolis elegida.

En el momento de introducir el cajón en la bóveda o depositarlo en la tierra, no olvidar los discursos alusivos (bien emotivos, por favor), la lluvia de flores y el aplauso final. ¿Y una suelta de palomas? Sí. Me gusta.

Creo que está todo.

Pero, insisto: lo más importante es el ciprés funerario.

# Índice